Kolofon
©Mathias Jansson (2022)
"Di ångermanländska XII – De bortglömdas berättelser"

ISBN: 978-91-86915-59-9

Utgiven av:

 "jag behöver inget förlag"
c/o Mathias Jansson
Tvärvägen 23
232 52 Åkarp
http://mathiasjansson72.blogspot.se/

Tryckt: Lulu.com

Innehåll

Folke Arvidssons noveller

Vi har fått ny information om Folke Arvidsson (1901-1935) från Bollsta som vi tidigare berättat om angående en nedgrävd låda. (Se *Di Ångermanländska XI* – "Den uppgrävda lådan") I lådan återfanns manuskriptet till romanen "2020" som länge ansågs vara det enda litterära verk som Arvidsson efterlämnade efter sig. Vi har dock fått vetskap om att han även skrev under pseudonymen Lukas Himmelsvandraren och 1929 publicerade Arvidsson på bokförlaget "Det fördolda" novellsamling "NostradAlus och andra fantastiska berättelser". Novellen "Tidsspiralen" är hämtad från den samlingen.

Tidsspiralen

-Du menar att du har löst problemet med tidsresor? journalist Jonsson från Nya Norrland såg förvånad på professor Thord Ingvar Danielsson som satt framför honom i fåtöljen.

-Man behöver nu inte resa i tiden för att förändra den. Det är en gammal kliché. För några veckor sedan gjorde jag ett stort genombrott i min forskning då jag för första gången lyckades ändra i själva tidsspiralen.

-Det är ju helt otroligt! utbrast Jonsson. Du har ju redan tilldelats Nobelpriset i fysik för er upptäckt av tidotonen som tillsammans med gravitonen skapar den väv av verklighet som bildar tid och rum i vårt universum. Du har i din forskning visat att tid och rum är sammanflätade i en tidsspiral som liknar hur vår egen arvsmassa är uppbyggd. Och nu kan du ändra i den? Tror du att du får ett Nobelpris till nu?

-Nu ska vi inte gå händelserna i förväg, men det är förstås inte omöjligt att en sådan banbrytande upptäckt belönas med ett Nobelpris. Det stämmer att tidotonen och gravitonen och deras antipartiklar bildar de fyra grundstenarna som skapar vår verklighet och bildar en slags dubbelspiral genom rumstiden. Jag hade tidigt en idé om att man precis som med vår arvsmassa skulle kunna förändra och förädla tiden med hjälp av ett slags verktyg, en form av sax, för att klippa och klistra i tidsspiralen och på så sätt förändra vår historia och även vår framtid. Tack vare uppfinningen kvantummaskinen har jag nu lyckats utvecklat ett verktyg som jag kallar Cronosaxen, som gör det möjlighet att ändra i själva tidsspiralen och på så sätt förändra historien och därmed framtiden.

-Men är det inte farligt? Jag tänker på alla konsekvenser det får för mänskligheten om man går in och börjar ändra i historien?

-Farligt? Tvärtom så ger det mig stora möjligheter att rätta till saker som gått fel i historien.

-Vem är det som kommer att kontrollera och bevaka dessa ändringar? Jonsson såg upp från sitt anteckningsblock. Jag förmodar att Nationernas Förbund och andra internationella organisationer håller på för fullt att ta fram ett regelverk kring din upptäckt?

– Nationernas Förbund!? utbrast Thord Ingvar Danielsson upprört. Skulle jag överlämna denna viktiga upptäckt till klåparna i Nationernas Förbund? Har du sett hur världen ser ut? Med ständiga krig och konflikter utan att man kan komma överens om ens de enklaste saker. Världens ledare är som skara fyraåringar som ständigt bråkar och käbblar. De tänker bara på sig själva.

-Men vem ska då bestämma vad som ska ändras i historien?

-Jag såklart. Vem utan den som skapat möjligheten och är fullt insatt i hur det fungerar ska ha den möjligheten.

-Hur många känner egentligen till den här upptäckten? Jonsson såg misstänksamt på Thord Ingvar Danielsson?

-Du är den första. Jag har alltid beundrat ert sätt att skriva. Så ni har exklusivt tillgång till hela storyn. Inte dumt va?

-Jo, men en sådan här upptäckt måste väl först kontrolleras och regleras innan den kan spridas till allmänheten.

-Varför då?

4

-Men om något skulle gå fel?

-Fel? Vad skulle gå fel? Om det mot förmodan skulle bli något fel så har jag också upptäckt att det finns en inbyggd felkontroll i rumstiden, precis som vår arvsmassa så kan tidsspiralen själv rätta till och reparera felaktigheter i koden så att paradoxer och andra besynnerliga saker inte kan inträffa, som man ofta läser om i fiktionens framställningar om så kallade "tidsresor".

-Ni har alltså redan ändrat i tidsspiralen? Vad har ni ändrat?

-Åh bara bagateller. Ni förstår det finns en fördröjning i systemet. Desto längre bort i historien och desto större förändringar man gör desto längre tar det för tiden att kopiera över de nya ändringarna. Tiden är ungefär som ett stort fullt bibliotek, om du flyttar några böcker så måste alla böckerna i biblioteket flyttas om först och det är många böcker i tidens bibliotek som du säkert förstår, så det tar lite tid innan de märks. Enkla saker kan ta någon dag innan de fått genomslag medan större kan ta flera dagar.

– Ni svarade inte på min fråga. Vad har ni ändrat!? utbrast Jonsson förskräckt.

-Pappa!

In genom dörren till biblioteket kom en tioårig flicka med kolsvarta flätor och en skolväska på ryggen.

-Ursäkta, det är min dotter som kommit hem från skolan. Hur är det hjärtat. Har det varit bra i skolan idag? Vad har ni lärt er idag?

– Vi pratade om Napoleon. Pappa jag älskar Napoleon!

-Jaså? Hur menar du då?

-Jo han var ju konstnär som ville att det skulle bli fred på hela jorden och att alla skulle vara snälla mot varandra. Han målade därför en massa tavlor med människor som var snälla mot varandra, och som alla bara älskade. Och sen blev det ju fred i hela världen pappa. Det vet du väl?

-Ja, ja det är klart hjärtat. Det var mycket bra gjort. Ingen vill väl ha krig?

-Nej, precis, det är därför jag bara älskar Napoleon!

– Det är bra hjärtat. Gå upp på ditt rum nu och gör dina läxor. Jag sitter i ett viktigt möte. Vi får prata mer sedan.

-Nå var var vi någonstans? Thord Ingvar Danielsson vände sig åter till Jonsson.

-Jag undrade vilka förändringar ni gjort i historien och vilka konsekvenser det kommer att få för allmänheten? Förstår du inte att du inte ensam som en Gud kan bestämma över vår historia och framtid? Det är något som mänskligheten måste bestämma tillsammans. Jag är inte ens säkert att en sådan upptäckt ska användas alls. Er upptäckt är för farlig för att hamna i händerna på en enda person. Den måste överlämnas till ansvariga myndigheter innan något hemskt händer.

-Inte användas? Såklart den ska användas. Jag kan ställa alla misstag till rätta som den här idiotiska mänskligheten har orsakat på den här planeten.

-Ni är verkligen galen. Ni tror att ni är Gud. Vänta bara tills jag informerat myndigheterna om era tilltag då får ni allt se. Jonsson reste sig snabbt ur fåtöljen och stormade ut genom dörren.

-Jag tror inte det, muttrade Thord Ingvar Danielsson för sig själv. Jag inser nu att det var ett misstag att bjuda in er. Men misstag kan nu lätt korrigeras. Ur sin kavajjacka tog professor Thord Ingvar Danielsson upp en apparat.

-Allt blev så mycket enklare efter att jag skapade den portabla tidsapparaten. Några klick så har det här mötet aldrig ägt rum i historien. Han tryckte med fingret på tangenterna. Så där, borta för alltid.

-Pappa!

In genom dörren till biblioteket kom en tioårig flicka med kolsvarta flätor och en skolväska på ryggen.

-Hur är det hjärtat. Har det varit bra i skolan idag? Vad har ni lärt er idag?

-Är du verkligen en farao? De sa det i skolan idag.

-Hmm, mumlade Thord Ingvar Danielsson för sig själv, förändringarna börjar visst slå igenom på allvar nu. Han vände sig till sin dotter och svarade glatt:

– Javisst hjärtat. Vår släkt har sedan flera tusen år härskat över världen och sett till att alla har det bra. För våra insatser ser människorna oss som Gudar och jag brukar kallas farao. Det har alltid varit så och bara en naturlig del av vår historia och en dag kommer du att få ta över min plats, men det dröjer nog länge för vår släkt har en vana att leva väldigt, väldigt länge som du vet.

-Ja pappa, du är så gammal, du har levt i fler tusen år minst. Flickan kramade hjärtligt om sin far innan hon försvann ut från biblioteket.

-Ja, flera tusen år och fler lär det bli, jag varför inte för evigt? tänkte Thord Ingvar Danielsson och slog sig ner igen i fåtöljen med tidsapparaten i handen.

Sunnafaner

Vi publicerar ännu en av Folke Arvidsson (1901-1935) framtidsnoveller. Novellen "Sunnafaner" ingick i novellsamling "NostradAlus och andra fantastiska berättelser" från 1929.

Journalist Jonsson från Nya Norrland gick omkring i det stora växthuset och stirrade tveksamt på glasrutorna.

-Ni menar att dessa fönsterrutor skulle kunna producera elektricitet som skulle kunna driva en hel fabrik?

Uppfinnare Stig Olle Lindström nickade och förklarade:

-Jag har länge gått och grubblat på energiproblemet. Du vet hur efterfrågan på energi hela tiden ökar i världen från de vanliga hushållen till fabrikerna och transportfordonen på våra vägar. Allt mer produceras till en växande folkmängd och till detta behövs såklart mycket energi. Kolet har den nackdelen att det blir smutsigt i luften när det eldas. Fråga bara vilken husmor som helst som hängt ut sin vittvätt i närheten av koleldade ugnar. Vilken katastrof med sotiga lakan! För att inte tala om luften som blir svår att andas för de små barnen när den fylls av sotröken. Veden kommer som bekant från skogen men vi kan ju inte hugga ner all skog bara för att värma oss. Det tar över 50 år för en ny skog att växa upp och var ska då älgjägarna och andra naturintresserade under tiden tillbringa sin lediga tid? Nej, jag ansåg att vi behövde hitta en ny energikälla och började då fundera på solen, som nästan alltid lyser och inte kommer att slockna på lång tid. Om man bara kunde ta tillvara på solens kraft, men hur? En dag när jag stirrade ut genom köksfönstret och såg hur solen sken in genom fönstret tänkte jag. Tänk om fönstret kunde ta hand om solenergin och omvandla den till elektricitet. Men hur? Det tog många experiment för att komma fram till den rätta blandningen i glaset. Till sist hittade jag ett kristilat med ledande förmåga som var både genomskinligt, tåligt och kunde förvandla solenergi till ström. Jag kallar det nya glasblandningen för Sunnafaner. Ett växthus gjort med paneler av Sunnafaner kan producera tillräckligt med elektricitet för att driva en stor fabrik.

-Helt fantastiskt! utbrast Jonsson. Det kommer att lösa hela världens energibehov inom kort. När tror ni att dessa fönsterpaneler kan börja produceras i stor skala?

-Så fort jag har löst ett litet problem.

-Vilket problem?

-Hållbarheten. Tyvärr fungerar bara panelen ett par dagar, solen producerar visserligen energi men skapar också en kemisk reaktion i Sunnafaneret som orsakar något som liknar gamla tiders glaspest. Glaset blir poröst och mjölkvitt innan det faller ihop i en stor hög av glaskross.

– Ja, men det löser ni säkert snart, eller hur?

-Ja, det är jag säker på.

-Men säg mig vilka användningsområde ser ni för det nya materialet?

-Glaset kan användas på många olika ställen för att producera elektricitet som i hus, fabriker, affärer, i bilar och kanske även flygmaskiner. Ja, överallt där man behöver energi kan man montera in paneler med Sunnafaner.

– Men vad händer när det är mulet ute och regnar?

-Ja, då fungerar såklart inte Sunnafaneret. Därför behöver man även någon form av lagringsutrymme där man kan spara energin som bildas när det är mycket sol ute och sedan använda den lagrade energin när det regnar ute. Jag har börjat fundera på en lösning som jag tror kan fungera.

Jonsson slog igen den gamla gulnade tidningen och tänkte för sig själv att Lindström var verkligen före sin tid. Men det hade nu gått över 30 år sedan han hade intervjuat Lindström och Lindström hade varit död sedan många år tillbaka utan att han lyckades lösa problemet med glaspesten i sina solpaneler. Men vem vet en dag kanske någon lyckas med att skapa paneler som kan omvandla solens energi till elektricitet, tänkte Jonsson med kaffekoppen i näven.

Bonden som sådde mandelbrotmängder

Isak Piman hette en man som i sin ungdom hade studerat matematik vid Princetons universitet i Amerika i början av 1950-talet. Under sin tid vid universitet hade han fått möjlighet att träffa berömda vetenskapsmän som Albert Einstein, Kurt Gödel och många andra och med dem diskuterat avancerade matematiska problem. Isak hade imponerat på de lärda männen med sina kunskaper och sina ovanliga angreppssätt under deras gemensamma promenader och man spådde honom därför en lovande akademisk karriär. Men Isak trivdes inte riktigt i Amerika utan längtade hem till föräldragården i Styrnäs, så efter några år flyttade han hem och tog över föräldrarnas jordbruk. Innan han lämnade Princeton hann han iallafall med att disputera med avhandlingen "Jag förmodar att Goldbachs hade fel" som rönte mycket stor uppmärksamhet.

Isaks liv genomsyrades från morgon till kväll av matematiska ekvationer och problem. Han kunde inte hälla upp morgonens första kaffekopp utan att börja reflektera över Eulers ekvationer. När han högg ved gjorde han det efter Banach–Tarski paradoxen, vilket visade sig vara ett mycket tids- och resursbesparande sätt att hugga ved på. Han tog en vedklabb och vred och vände på den och högg sönder den i ett antal bitar. När han sedan satte ihop bitarna visade det sig att räckte till två lika stora vedklabbar. Samma princip använde Isak när han skulle koka potatis. Han klöv potatisen på ett liknande sätt med kniven och när han satte ihop delarna hade han plötsligt två lika stora potatisar och det räckte till en middag.

När Isak på våren skulle plöja åkern så var det inte efter räta linjer som alla andra bönder i trakten utan när han rattade sin traktor genom det kartesiska koordinatsystemet så hade han en förkärlek att följa olika sinus- och cosinuskurvor. När det sedan blev dags att så havre eller att sätta potatis då gjorde han inte det i de upplöjda fårorna utan efter mandel-brotmängdens ekvationer. Mandelpotatis verkade av någon anledning ge ovanligt god skörd om de sattes i sådant matematiskt sammanhang. Inte ens när det gällde skörden höll han sig till den vinkelräta geometrin utan hade en förkärlek att skörda i elliptiska kurvor efter Nagell–Lutz theorem.

När Isak efter en lång arbetsdag la sig i sängen på kvällen brukade han ligga och läsa en stund i en bok om "Hilbertproblemen" innan han släckte lampan, men i stället för att räkna får för att sova brukade han rabbla decimalerna i Pi. Men trots sitt ihärdiga slit och sina gedigna matematiska kunskaper var det svårt att få ekonomin att gå ihop på den lilla gården och när Isak började komma upp i åren bestämde han sig därför för att sälja familjegården och återuppta sin akademiska karriär. En storbonde i trakten, som Isak hade ett horn till, hörde av sig och undrade vad Isak ville ha för gården. Isak funderade ett tag och sa till storbonden om han la en krona på den första rutan på ett schackbräde och sedan dubblade antalet kronor för varje ruta på brädet så skulle han få köpa gården. Storbonden såg på Isak och funderade och sa:

-Ja, det går jag med på, men bara om jag få använda mitt eget schackbräde. Jag vill inte bli lurad svarade storbonden.
-Javisst, det går bra svarade Isak.
-Då tar vi i hand på det sa storbonden och sträckte fram sin väldiga näve.
Isak sträckte fram sin hand och så kom de överens om köpet.
Då tog storbonden fram ett papper och ritade upp nio rutor på det och la en krona i första rutan och dubblade sedan mynten fram till den 9:e rutan och räckte sedan över 511 kronor till Isak.
-Nej, vänta nu utbrast Isak förvånat. Ett schackbräde har 64 rutor inte 9!

-Ja men du sa ju att jag fick använda mitt eget schackbräde och då jag bara spelar luffarschack så har mitt bräde bara 9 rutor svarade storbonden elakt.

Då de hade skakat hand på det hela och det dessutom fanns vittnen till hela affären tvingades Isak svälja förtreten och sälja familjegården för ynka 511 riksdaler. Besviken flyttade Isak till Uppsala där han fick en docentur i matematik vid universitet. Han blev ihågkommen som en duktig lärare som gärna promenerade med sina elever runt campus och diskuterade olika matematiska problem. Men han kunde aldrig glömma oförrätten över hur storbonden lurade honom och all sin lediga tid ägnade han därför åt att försöka lösa ett av det största matematiska problemet han stött på. Vid hans död 1985 hittade man en ofärdig artikel om den franska matematikern Frénicle de Bessy teorier med titeln "Tic-Tac-Toe – ett bevis för den magiska kvadratens oändligheter". Men någon lösning på problemet lyckades Isak aldrig komma fram till även om det verkar som om han under arbetets gång hittade ett bevis för Fermats sista sats.

Telegram från universum

Tallii Rootivalta hade efter en lång arbetsvecka i skogen tagit sig ner till Kramfors på lördagskvällen för att dricka, dansa och kanske träffa en trevlig flicka. Det enda han hade lyckats med var dock supa, men en av tre är trots allt ingen dålig utdelning på en lördagskväll. Nu grydde morgonen bakom bergen och en solstrimma letade sig fram mellan granarnas täta grenar och avslöjade en figur som ostadigt tog sig fram på den slingrande skogsstigen. Det var Talli som trött och fortfarande överförfriskad letade sig hemåt till den skogshuggarkojan uppe i Finnmarken där han bodde med sina kamrater under veckorna. Skogen öppnade sig framför honom och Talli såg en stor myr och mitt på myren stod en stor vit älgtjur och betade av gräset. Talli stirrade förundrat på älgen. Han hade aldrig sett ett sådant vackert djur. Han ville komma närmare och försökte smyga sig fram, men ostadig som han var på benen råkade han trampa på en torr kvist som bröts med ett skarpt ljud. Älgen stelnade till och spetsade öronen. Sedan hände det märkliga. Den vita älgen bredde ut ett par stora vingar och började springa och flaxa som en svan på flykt och lyfte snart och flög bort mot soluppgången. Häpen stirrade Talli på älgen som försvann bakom grantopparna. Han sträckte sig instinktivt efter kvartingen han hade kvar i byxfickan och skruvade av korken och tog en stor klunk. Då inträffade det andra undret. Brännvinet hade förvandlats till vatten och Talli kände hur han nyktrade till och såg allt klart och tydligt framför sig. Solen sträckte sina strålar över grantopparna och ett himmelsk varmt ljus strålade mot honom. Det var tecknet från gudomen, en himmelsk uppenbarelse tänkte Talli. I det ögonblicket blev Talli frälst och beslöt att ägna all sin lediga tid åt bibelstudier och sprida Guds ord till Finnmarkens invånare istället för att ägna så åt ett syndigt liv med sprit, kvinnor och dans.

Finnmarksprofeten, ja, så kallades Talli när han varje söndag gick omkring i byarna och i skogshuggarkojorna i Finnmarken och förkunnade Guds ord. Men även för den mest inbitna troende kommer tvivlet och prövningens tid. För Tallis del började det hela med en punktering på cykeln, ja, både fram och bakdäcket var helt platt. Talli blev därför tvungen att gå ner till Kramfors och blev så försenad till Konsum och han missade att lämna in veckans stryktipsrad. När han sedan fick höra på radion att hans oinlämnade tipsrad hade 13 rätt så anade han att något stort var på gång. Det andra tecknet inträffade några dagar senare när han höll på att fälla en stor gran i skogen. Precis när granen skulle falla kom en kraftig vindpust och tog tag i grenverket och fick det stora trädet att börja falla i fel riktning. Det var med ren förskräckelse som Talli lyckade kasta sig undan och rädda livet. När han såg var trädet hade fallit anande han direkt oråd. Trädet hade fallit rakt ner på deras lägerplats och när Talli undersökt saken närmare kunde han bara konstatera att toppen av granen hade krossat hans nyinköpta radio som han länge hade sparat till för att ha råd att köpa. Men det som fick droppen att rinna över inträffade på söndagen. Talli hade som vanligt gått upp tidigt och tvättat sig och bytt skjorta för att åka ut och förkunna Guds ord. Han hade som vanligt, på en gren, hängt av sig sin guldkedja som hade en liten berlock som innehöll ett fotografi och en hårtuss från hans älskade mor som hade gått bort när han var en liten gosse. Det var han käraste ägodel så inte undra på att Talli blev förskräckt när han i spegeln ovanför tvättfatet fick se en tjuvaktig skata med guldkedjan i näbben. Skatan flög snabbt iväg till en grantopp där den satt med kedjan i näbben och skrattade hånfullt åt Talli innan den försvann bort i skogen.

Talli föll som slagen ner på knä och sträckte sina bedjande händer mot skyn och utbrast förtvivlat:

-Min Gud, min Gud varför har du övergivit mig. Varför straffar du din trogne tjänare värre än Job? Vad har jag gjort för att förtjäna detta straff?

Det enda svar Talli fick var ett hånfullt skrattande från en skata, samtidigt som himlen öppnade sina portar och ett kallt hällregn sköljde över honom. Förtvivlad, frusen och dyblöt kröp Talli in i timmerkojan och där vid spisens falnande glöd bestämde han sig för att ta upp striden med gudomen. För ingen trampar ostraffat på Talli Rootivalta, inte ens den gudomliga, tänkte han ilsket.

Så kom det sig att Talli författade den korta men kända pamfletten "Stridsskrift mot Gud" som inleds med det ofta citerade stycket:

"Jag Talli Rootivalta tror inte längre på dig. Du har inte längre någon makt över mig. Jag förnekar din existens. Ovanför mig i himlen finns bara tomrum. Den oändliga mörka och livlösa rymden, det är det enda som jag tror på..."

Talli fortsatte varje söndag med sin runda, men där han tidigare att predika om Guds godhet och om frälsning predikade han nu om hur absurt det var att tro på och lägga sitt liv i händerna på en Gud som inte finns.

När Talli var i 70-årsåldern inträffade den tredje stora omvändelsen i hans liv. Det hela inträffade en söndag i februari 1986. Talli hade som vanligt varit runt och predikat mot gudomen när han stannade till på vägen och såg upp mot den stjärnklara natthimlen. Han såg upp mot stjärnorna och knöt sin hand av ilska mot himlen och skrek så det ångade ur munnen: "Jag tror inte på dig! Hör du det!" Just som han hade yttrat dessa ord såg han hur en stor lysande stjärna passerade över himlen med en svans av ljus.

-Tro inte du kan lura mig med dina bländverk. Jag tror fortfarande inte på dig! utbrast Talli ilsket.

Och precis när han hade sagt detta var det som om någon hade knäppt till honom i huvudet med fingrarna. Det var en skarp och plötslig smärta som fick Talli att förvånat ta sig åt huvudet och när han tittade ner på sin lovikavante såg han att den hade färgats röd av blod. Förvirrad och omtumlad tog han sig hem och somnade utmattad så fort han la sig i sängen.

När han vaknade följande morgon kände han sig konstig i huvudet. Han såg på sin fru som satt och drack kaffe bort vid köksbordet och utbrast irriterat.

-Vem är det som är på besök så tidigt på morgonen? Och vad är det för konstigt språk karln talar?
-Vad pratar du om? Det är ingen här utom vi två.
-Det är någon som mumlar här inne. Det låter som en hackig tvåtaktsmotor som inte vill starta.
-Det är ingen som pratar här förutom du. Är du säker på att du mår riktigt bra? Du verkar ha slagit i huvudet igår kväll. För du blödde när du kom hem och somnade direkt med kläderna på. Jag har tvättat och lagt om såret, men du ska kanske besöka doktorn för säkerhets skull?
-Inte behöver jag gå till doktorn för lite skrapsår inte.

Talli reste sig upp ur sängen och satte sig vid köksbordet. Hans fru hällde upp en kopp kaffe och räckte över morgonens upplaga av Nya Norrland till honom och pekade på första sidan.

-Har du sett här. De skriver i tidningen att en komet har passerat över himlen. Den kommer visst bara vart 75:e år på besök. Den skulle man vilja se. Jag hoppas det bli stjärnklart i natt.

Kometen tänkte Talli. Det var nog den jag såg i går natt. Han stoppade en sockerbit i munnen och drack upp sitt kaffe medan han läste klart tidningen. Sedan klädde han på sig och gick ut på gården.

När han kom ut på gårdsplanen vände han sig om och såg sig undrande omkring. Det vara någon som hade viskat bakom hans rygg. Men han kunde inte se någon. Nu hörde han viskningen igen "Sssh, sss, sis, sich, syss" lät det som. Ett utdraget ljud som en väsande orm. Talli kände sig obehaglig till mods. Tänk om hade fått hjärnskakning av smällen och börjat höra i syne? Det är kanske ändå bäst ta det lugnt idag tänkte han. Sagt och gjort Talli gick in och till sin frus förvåning la han sig på kökssoffan och vilade. Så länge de hade varit gifta hade han aldrig lagt sig och vilat mitt på dagen och när han sedan började yra och ropa. "Vad säger du? Tala så man begriper! Jag förstår inte va du säg!" Fann hon inget annat råd än att ringa doktorn.

Doktor Molander undersökte Talli och tittade närmare på såret på hjässan och konstaterade att det var ganska djupt. Då han inte kunde utesluta att det kunde ha påverkat hjärnans funktion rekommenderade han att man skulle ta Talli till sjukhuset i Sollefteå för vidare undersökning. Där kunde man göra en magnetröntgen av hjärnan för att undersöka eventuella skador. Någon timme senare anlände ambulansen som skulle transportera Talli till sjukhuset. På sjukhuset undersöktes Talli av doktorer i vita rockar som la honom i en stor maskin som skulle fotografera hans hjärna. Efter mycket konsulterande mellan läkarna fick Talli träffa en doktor som berättade att alla värden såg bra ut. På magnetröntgen kunde man se en skuggning i hjärnbarken men tyvärr hade bilderna varit för otydliga för att man skulle kunna säga något om vad det kunde vara. Det kunde vara ett tekniskt fel i utrustningen eller så kunde det vara något allvarligare. Man skulle därför skicka en remiss till sjukhuset i Sundsvall som hade bättre och modernare utrustning för vidare utredning. I väntan på en kallelse fick Talli åka hem och vila sig.

På väg hem från sjukhuset tänkte Talli på det som hade hänt och la ihop två och två och kom fram till att det vara kometen han hade sett på himlen och knäppen i skallen hade varit ett fragment från kometen som fallit från himlen och träffat honom rakt i skallen. Detta fragment hade den märkliga förmågan att fungera som en mottagare och alla de röster han nu hörde i sitt huvud var röster från utomjordiska varelser som ville kommunicera med honom. Han förstod plötsligt Guds stora plan. Gud hade sänt kometen som ett tecken på att han var den utvalda profeten och kometbiten som fastnat i hans hjärna var den heliga anden som gjorde det möjligt för Talli att komma i kontakt med resten av universums innevånare. För Gud har inte bara skapat jorden och människan utan han hade i sin oändliga visdom upprepat samma sak gång på gång i universum. Alla varelser i hela universum var som en enda stor familj som Talli var sammanbunden med. Han ångrade djupt att han hade tvivlat på gudomen och förnekat honom, men lovade sig själv att han nu skulle göra bot och bättring resten av sitt liv.

Ja och så började ett nytt kapitel i Tallis liv. Han började skriva ner texter och dikter på alla möjliga konstiga språk som ingen någonsin hade sett eller kunde förstå. Men Talli visste, ja inte direkt vad det betydde vad han skrev ned, men han kunde iallafall urskilja vem det var som hade skickar de utomjordiska meddelanden som han mottog telepatiskt. Det där hackiga tvåtakts motorljudet som han hade hört först. Det var från Bolindermunkarna, ett religiöst sällskap på planeten Plogia och det viskande ljudet ute på gårdsplanen det var från Shyisterna från planeten Silentum. Under åren fick Talli kontakt med många olika utomjordiska raser som Kuuiter som bodde på månen och stod på ett ben och liksom kluckade när de pratade: "Kokka koka ko koko kotta ko" kunde de utbrista eller Seasamiterna som hade ett språk som Talli bara kunde skriva ner, men som han inte kunde lista ut hur det skulle uttalas. Ett av många meddelanden från Sesamiterna såg ut så här:

6Kg#nHN:8,Lw>5Xu
*qx@%j<\.9s>M&./
r+%~=xUAt)TS8VyH
4E){mf/<##xHw?En
+g69)#{Z~\~2DT{d

Sedan var det förstås Primatalern som bara använde siffror och Eggoiterna vars tal lät som yxhugg mot en trädstam och Stickorerna vars språk påminde om myggsurr. Ja, hundratals olika röster surrade inne i skallen på Talli. Han upptäckte att beroende på kroppens positioner så fick han in nya röster. Kroppen fungerade som en antenn och kunde riktas och ställas in med hjälp av armar och ben för att få bättre mottagning.

Vissa röster hördes bättre när man satt i TV-fåtöljen, andra när man sträckte sig efter smörpaket i kylskåpet eller om räckte upp ena handen för att ta ner något från en hög hylla. Under åren prövade och tänjde Talli på kroppen för att försöka fånga upp nya signaler. En vinter snubblade han på en isfläck på trappan och slog en volt i luften och fick under den korta flygturen in en underbar stämma som lät som en kristallkrona som sjöng. Men eftersom han blev tvungen att vara sängliggande i fjorton dagar efter vurpan så vågade han inte göra om konststycket igen. Han var trots allt ingen ungdom längre.

Ja, Talli började märka att åldern tog ut sin rätt och kroppens krafter avtog, men han tyckte att rösterna blev starkare och tydligare desto svagare kroppen blev. De sista månaderna i livet blev Talli sängliggande och när han låg på sin dödsbädd reflekterade han över sitt märkliga liv.

-Jag var först som en fisk som simmade i en damm. Denna lilla damm var hela min värld, men sedan genom försynen förvandlades jag till en krabba, som kunde röra mig både i vatten och på land och ta del av nya okända områden, och sedan genom den oändliga nåden förvandlades jag till en sjöfågel och kunde röra mig både över vatten, land och genom luftens vida dimensioner. För sannerligen har jag skådat och fått uppleva hela Guds skapelse i all dess prakt tänkte Talli innan han lämnade jordelivet för att möta sin skapare.

För några år sedan kom ett urval av Talli Rootvaltas texter ut i bokform. Kulturredaktör Kristoffer Skog på tidningen Ångermanlänningen kunde efter att ha läst "Telegram från universum" dock konstatera att texterna var helt oläsliga. Inte ens med bästa välvilja skulle man kunna jämföra dem med dadaisterna eller de tungomålstalande profeternas visioner som förordet gjorde gällande utan det var rena jibberishen och rappakaljan i boken. Att bokens ens hade blivit utgiven berodde uteslutande på att Tallis kusin frikyrkopastor Fredriksson hade finansierat den genom kollekten från sin församling. Det fanns inget som helst litterärt värde i dessa märkliga texter avslutade Skog sin sågning av boken.

Kanske hade Kristoffer Skog omvärderat sin recension om han hade fått ta del av ett topphemligt PM som skickades från Pentagon till Vita huset bara några veckor efter att boken publicerades. Där konstaterade underrättelsetjänsten att någon hade fått tag i koderna till försvarets servrar och publicerat dem helt öppet på nätet under en täckmantel att det rörde sig om poesi av några som kallade sig Seasamiterna. Man misstänkte starkt att det rörde sig om en okänd hackergrupp som lyckats komma över lösenorden och sedan velat driva med det amerikanska försvaret genom att förklä det hela som ett poetiskt verk och publicera dem för alla att läsa. Hela boken var uppenbarligen ett kryptogram, som man med hjälp av landets kraftigaste superdatorer ihärdigt arbetade med att försöka knäcka. För vem vet vilka hemligheter som hackarna hade kommit över och lagt ut på nätet i denna manual som de kallade "Telegram från universum".

Biblioteket i skogen

Jonte stannade cykeln. Han hade fått syn på något i dikesrenen. Cykeln lutade han mot en stolpe och tog sig sedan ner för den lilla branten som var full av torrt fjolårsgräs och gula tussilago. Intrasslad i gräset, till häften fastfrusen i en vattenpöl låg boken. Han satte sig ner på huk och lyckades försiktigt lirka loss den ur isens grepp. Han vände och vred fascinerat på den tilltygade boken. Det var "Fem gör ett fynd" av Enid Blyton. Jonte stoppade försiktigt ner boken i sin väska och fortsatte sedan cykelturen in mot staden.

När han senare på eftermiddagen kom fram till den lilla gläntan i skogen slog han sig ner på den mjuka mossan och lutade sig mot den stora granen som reste sig i ensam majestät i gläntan. Han tog fram boken ur väskan. Den hade nu hunnit tina så att han kunde öppna den försiktigt. Efter att ha undersökt boken noggrant, ja nästan ömt reste han sig upp och la boken bland de andra böckerna i skogsbiblioteket.

Det finns böcker som ingen längre vill ha, som slängts i dikesrenen, kastats i soptunnan eller i containrar, som gallras ut från biblioteken eller antikvariatens hyllor, som är kantstötta, har hundöron eller utrivna sidor, böcker som har gulnat och bleknat av solen, som har spruckit i ryggen, som har fuktskador eller som har möglat eller angripits av skadedjur. Det finns böcker som aldrig blivit lästa eller öppnade, upplagor som aldrig blir sålda, författare och fakta som blivit omoderna och glomts bort eller rensats ut från hyllorna för att ge plats åt nya förmågor. Ja, alla dessa bortglömda, utstötta och bortkastade böcker samlade Jonte på. Han plockade upp dem ur papperskorgar, containrar, kartonger och från dikesrenen. Han tog hand om böckerna och gav dem kärlek och omsorg innan han införlivade dem i sitt skogsbibliotek.

Nu var det inte så att Jonte läste alla dessa böcker som han hittade och bibliotek var väl inte heller det rätta ordet för att beskriva denna samling av böcker som han under åren hade staplat upp i skogen. Man skulle nog snarare kalla det för en bokkyrkogård eller ett minnesmonument över bortglömda böcker. Böckerna låg staplade i skogen oskyddade året runt för väder, vind och natur. Efter ett tag började det växa mossa på böckerna, svampar stack upp ur bokryggarna, frön från träd och blommor fick fäste mellan bladen, lingonriset sträckte sina grenar över texten. Skogens insekter kröp omkring och bröt ner det sköra pappret. Naturen och kulturen ingick helt enkelt en symbios och orden förvandlades med tiden till jord.

Jonte kunde gå i flera timmar och botanisera i sitt skogsbibliotek. På pärmen till Bruno Schulz "Sanatoriet Timglaset" hade det börjar växa björnmossa. En liten björkplanta stack upp sina spröda blad ur Fokus uppslagsverk del 3. Mellan bladen på Björn-Erik Höijers bok "Djävulens kalsonger" hade en vitsippa fått fotfäste och längs sidorna på Helmer Grundströms "Sjötorpspojkarna" kröp en barr-trädlöpare omkring.

Hela litteraturen kryllar av spirande liv tänkte Jonte när han lutade sig tillbaka mot den grova trädstammen och tog fram den slitna volymen med Gustaf Frödings samlade verk och började läsa högt ur "Mattoidens sånger":

Här inte brått
bortkrypa vill,
här ligga still,
mums, mums, gott.

Den byråkratiska poeten

I slutet av en korridor som ligger lite avsides i kommunhuset jobbar en tjänsteman i sextioårsåldern. Han har jobbat många år i kommunen och hans kollegor skulle beskriva honom som tystlåten och tillbakadragen. Varje morgon prick klockan åtta hälsar han artigt på sina kollegor och slår sig ner vid sitt skrivbord och börjar arbeta. Skulle man hejda någon i kommunhusets korridorer och fråga vilka mannens arbetsuppgifter är så skulle man få ett tvekande och fundersamt svar: Jag tror det har något med en utredning av soptaxans differentiering mellan ensamhushåll och flerfamiljshushåll att göra? Han samlar väl in statistik över kommunens fiskevårdsområden när det gäller utsättning och upptagning av inplanterad ädelfisk? Nej, det handlar väl om arkivering, är det inte vägutskottets besiktningsprotokoll över tjälskador i kommunen som han ansvarar för?

Skulle någon mot förmodan råka gå in på tjänstemannens kontor och titta över de stora högar med dokument och mappar som under åren samlats på hans skrivbord, så skulle de hitta honom böjd över ett papper och med kulspetspennan skriva ner något som såg ut som en förteckning med siffror och meningar. Den som skulle vara lite akademiskt bevandrad skulle säga att det såg ut som ett avancerat notsystem med referenser och korshänvisningar. Att tjänstemannen sitter och skriver poesi på sin arbetstid skulle ingen människa kunna föreställa sig.

Det hela är synnerligen besynnerligt och hela denna märkliga historia tog sin början när tjänstemannen på sin 30-årsdag fick en diktsamling i födelsedagspresent av sin faster. Hade fastern vetat vilka konsekvenser och besvär denna gåva skulle åstadkomma då hade hon förmodligen valt den brunbeige randiga slipsen som hon redan hade valt ut som present. Men så hade solen trängt sig fram genom en glipa i den annars genomgrå hösthimlen och letat sig igenom det smutsiga skyltfönstret och kastat sin solkatt på ett glättigt bokomslag som stod framställt på en monter i butiken. Denna korta solreflex hade liksom hypnotiserat fastern och fått henne att fundera med slipsen i handen. En slips brukar jag ge honom varje år. Jag skulle kanske köpa en bok i stället som omväxling. Och så hade hon i ett förhastat beslut tagit med sig boken till kassan, betalat den och fått den inslagen.

När tjänstemannen rev av omslagspapperet på paketet så blev han förvånad. I stället för den förväntade randiga slipsen som han brukade få varje år var det en bok i paketet. Det vara Sara Grönkvist nyutkomna diktsamling "Dikter från hängmattan" som han höll i handen. Han slog upp boken och hörde hur den nya pärmen knäppte till i ryggen och han kände doften av färsk trycksvärta i näsborren. Han började läst den första dikten och det var som en uppenbarelse. Texten var något helt annat än den knastertorra kansliprosan och de konjunktionstunga promemorior som han var van vid att läsa. Texten gjorde honom varm och levande inombords. Han kände hur orden omfamnade alla hans sinnen och hur de letade sig långt ner i hans själs inre och väckte besynnerliga och nya känslor. Det var som om en helt ny värld hade öppnat sig för honom.

Den kvällen kunde inte tjänstemannen somna. Han låg och vred sig som i en feberdröm och såg hur orden dansade framför honom på en grön äng under en klarblå himmel med en skinande gul sol. Mitt i natten slog det honom plötsligt. Han skulle börja skriva poesi. Det var vad han hade letat efter i hela sitt liv. Han insåg att poesin var hans livsuppgift. Så han steg

genast upp och tände lampan på sitt skrivbord och tog fram
papper och penna och skrev:

Solen är gul, himlen är blå och ängen är grön
och orden dansar framför mig.

Nöjd med sitt livs första dikt kröp tjänstemannen ner i sängen
och somnade. Dagen därpå var han som vanligt punktligt på
sitt arbete och satte i gång med dagens arbetsuppgifter. Det
dröjde dock inte länge innan han kom att tänka på sin dikt. Ur
kavajfickan plockade han fram den lilla papperslappen som
han omsorgsfullt hade vikit ihop och vecklade ut den på
skrivbordet. Han läste för sig själv dikten som hade skrivit
natten innan: "Solen är gul, himlen är blå och ängen är grön /
och orden dansar framför mig." Han tyckte om dikten, men
kommer även andra förstå vad jag menar och uppleva samma
känsla som jag undrade tjänstemannen? Han blev osäker på
hur läsaren skulle uppfatta detta påstående om att solen är gul,
himlen är blå och ängen är grön och orden dansar framför mig.
Jag ska kanske för tydlighetens skull göra en notis och förklara
min tanke bakom dikten närmare tänkte tjänstemannen och
skrev en etta på pappret och en kort beskrivning om tanken
bakom sin dikt. När han läste notisen upptäckte han att den
inte riktigt klargjorde allt som han ville ha sagt med dikten, så
efter att ha funderat ett tag till skrev han en tvåa och la till
ytterligare ett förtydligande. Men när han läste sin andra notis,
insåg han att han hade glömt något i den första notisen som
inte förklarades helt i notis två och därför gjorde han en tredje
notis, men när han läste de tre notiserna insåg han att det hade
tillkommit fler saker som behövdes förklaras än vad han hade
förtydligats. Hela dagen slet den stackars tjänstemannen med
sina notiser, som alltmer började likna notapparaten i en
avhandling, men istället för att förtydliga vad han ville ha sagt

med sin dikt så trasslade han in sig i olika resonemang, förklaringar och referenser. När arbetsdagen var slut var han helt förtvivlad. Framför honom på skrivbordet låg en massa pappersbitar med numrerade notiser utspridda huller om buller.

Nej, tänkte tjänstemannen när han såg oordningen på sitt skrivbord, det här går inte för sig. Här krävs en gedigen planering och ett systematiskt angreppssätt. Eftersom han var en byråkrat och van vid att arkivera, indexera och systematisera kommunala rapporter, utredningar och underlag började han genast tänka ut ett sinnrikt system för att på bästa sätt kunna samla alla sina notiser och förklaringar om den dikt han hade skrivit dagen innan. Ja, hela kvällen och natten grubblade han på lämpliga indexeringar, fördelar och nackdelar med alfabetiska kontra kronologiska register, färgkodningens hemligheter, olika referenssystems uppbyggnad och katalogiseringens hierarkier med alla över och underavdelningar. När morgonen äntligen grydde hade han tänkt ut ett briljant system för att ordna sina notiser och när han kom till jobbet dagen efter började han genast att implementera systemet på de noter han hittills hade skrivit.

Läsaren har kanske hört talas om poeten som skrev det fantastiska diktverket "Fången i Piquerol", ett poem i 24 sånger med tillhörande notsystem på 500 sidor, eller om Joseph Grand som under flera år fram till sin död arbetade med att formulera och omformulera den första meningen i den roman som enligt honom skulle slå redaktörerna med häpnad. Dessa karaktärers litterära gärning är visserligen imponerande och beundransvärda, men står dock i skuggan inför den byråkratiska poetens ansträngningar. När jag skriver detta så skriver tjänstemannen notis nummer 314159 i sitt notsystem och skulle alla noter sammanställas i bokform skulle det uppta minst 42 inbundna volymer. Och då har tjänstemannen enligt egen utsago troligen bara kommit halvvägs i sina försök att förklara vad han menar med att "Solen är gul".

Av förståeliga skäl har tjänstemannens arbetsuppgifter blivit lidande under åren och samlat sig på hög på hans skrivbord. För att kunna fortsätta med sin poetiska gärning och inte bli avbruten har tjänstemannen därför utarbetat ett sinnrikt system där han låter inkomna dokument ligga några månader på skrivbordet innan han tar fram en av sina stämplar och stämplar dokumentet antingen med: För kännedom, Åtgärd krävs eller Arkiveras och låter sedan det fortsätta cirkulera runt i kommunhusets byråkratiska korridorer. Det har visat sig vara ett mycket effektfullt sätt att få saker gjorda i den kommunala administrationen. Tjänstemannen ser dock fram emot den annalkande pensioneringen då han kommer att få mer tid att på fullt allvar ta itu med sin poesi och ge sig i kast med att förklara vad han egentligen menade när han skrev att himlen är blå.

En historisk luftfärd

I historieböckerna utgör den 21 november 1783 en milstolpe för mänskligheten. Det var den dagen då den första bemannade varmluftsballongen lyfte från marken i Paris. Ombord på farkosten var det två aristokraterna François Pilâtre de Rozier och François-Laurent d'Arlandes. Det är ett historiskt faktum som man inte kan ifrågasätta, i alla fall om man menar den första avsiktliga och medvetna ballonguppstigningen i världshistorien. Men ska man vara helt historiskt korrekt då ska man vända blicken till Dynäs den 17 juli 1780 då en märklig och historisk händelse inträffade när det gäller människans försök att övervinna gravitationens starka krafter.

Ebba Hansdotter befann sig denna soliga sommardag anno 1780 ute i sin trädgård för att tvätta. På gräsmattan stod den stora gjutjärnsgrytan fylld med vatten och lut. Under grytan brann en stor brasa med prima björkved. Det brann riktigt hett under grytan, men det behövdes för att värma den stora gjutjärnsgrytan och för att klara av den stora sommartvätten. Familjen var stor, 14 barn, från en tvååring till den äldsta sonen som skulle fylla 20 till hösten. Bostaden som de hyrde var egentligen bara ett enda stort rum med en järnspis i ett hörn. Resten av rummet fungerade som sovrum. Här sov alla i familjen, det var barnen, Ebba och hennes man, hennes svärföräldrar och en inhysning som de hade tagit in för att dryga ut ekonomin. För att få plats med alla hade Ebbas man, som var en skicklig snickare satt ihop en stor säng som fyllde nästan hela rummet och där sov alla under natten. Ebba, som var skicklig med nål och tråd, hade tråcklat ihop flera lakan till ett enda gigantiskt stort underlakan till sängen, som nu låg i den stora grytan och kokade.

När Ebba hade tvättat klart hängde hon upp det stora lakanet på tvättlinorna som hon hade spänt upp mellan träden. Man förstår att Ebba blev trött av allt slit för det blåste bra och det stora lakanet fladdrade i vinden och var besvärligt att hantera. Fördelen med blåsten var förstås att det var bra torkväder. Men arbetet tog ut sin rätt och Ebba satte sig en stund på en skraltig pinnstol som stod vid grytan för att vila ryggen och knäna en stund. Lakanets monotona fladdrande ljud och solens varma sken gjorde att hon somnade till på stolen.

Det var som sagt en ovanligt varm och blåsig sommardag. Den här dagen hade tvättlinorna av någon anledning inte blivit riktigt knutna runt träden, utan började lossna efter ett tag. De for iväg i vinden och trasslade in sig i pinnstolen. De snörjde sig runt stolsbenen och fastnade i sprickorna på den gamla slitna sitsen. Vinden tog också tag i lakanet och det började fladdra iväg mot grytan och skulle förmodligen ha fattat eld om inte värmen från elden skapade en stark luftström som fick det att lyfta i sista stund. Då lakanet satt fast i hörnen av tvättlinorna så fångades det upp och fylldes med varm luft som en ballong. Snart var lakanet spänt till bristningsgränsen med varmluft och började sakta stiga mot skyn. Tvättlinorna som satt fast i pinnstolen stramade till och snart hände det otroliga. Pinnstolen lättade från marken och började sväva uppåt. På pinnstolen satt fortfarande Ebba och sov ovetande om att hon var på väg att bli den första människan som lämnat marken i en varmluftsfarkost.

Stolen och ballongen steg sakta uppåt mot trädtopparna. För ett ögonblick såg det ut som om stolen skulle fastna i en björk där några skator förvånat stirrade ut från sitt skatbo, men i sista stund gled stolen förbi trädet utan att nudda det. Om någon av Ebbas barn i detta ögonblick hade kommit ut på gården skulle de förvånat fått se hur deras mor svävade iväg över trätopparna ut mot älven.

Ebba vaknade till av ett fasligt skriande. När hon öppnade ögonen såg hur en fiskmås flög bredvid henne och hon undrade förvånat varför måsen flög så lågt innan hon insåg att det var hon som befann sig högt ovanför marken. Ebba blev förskräckt över situationen, men sansade sig snabbt och drog skärpet från förklädet runt midjan och band det hårt runt ryggstödet så hon inte skulle falla av. Solen lyste och hon gled stilla fram över Ångermanälvens glittrande vatten och utsikten kunde hon inte klaga på. Den var klart väder så man kunde se ända bort till Ullånger. I fickan till förklädet hittade hon en skorpa som hon sög på medan stolen seglade vidare mot Ö-vik och vek sedan ut över Bottenhavet i riktning på Finland.

Nu började Ebba skruva på sig. Hon tänkte att hur ska det här gå? Ja måste ju hem och laga mat till barnen och gubben. Det hade visserligen varit trevligt att ta igen sig en stund och njuta av utsikten, men nu måste hon verkligen hem, men hur skulle det gå till? Farkosten gick inte att styra och det var en stark ostlig vind som tog med sig ballongen allt längre ut på det öppna havet. Skulle hon hoppa? Men hon kunde inte simma, så det vågade hon inte. Det verkade inte finnas något annat alternativ än att följa med ballongen och hoppas på det bästa. Efter några timmars flygning såg Ebba hur en kustremsa tornade upp sig framför henne. Ballongen började samtidigt att tappa höjd och vid stranden kom det rök ut skorstenen på ett litet hus. Plötsligt öppnades dörren till huset och en naken karl skuttade ner mot vattnet. Precis vid vattenbrynet såg han upp och fick syn på Ebba som satt i stolen under ballongen. Han gav till ett förskräckt "Perkele!" innan han snabbt vände om och sprang och gömde sig i huset. Ebba insåg att det lilla huset måste vara en bastu och mannen som utbrast "Perkele" en finne. Så när ballongen tog fast mark tänkte hon för sig själv. Ja, nu är jag i Finland.

Mannen kikade förskräckt fram bakom bastudörren, men blev lugn när han hörde Ebba ropa på honom och fråga om det möjligen var i Finland som hon landat i? Mannen kom ut iklädd sina enkla kläder och presenterade sig som Pentti Hirvenpää. Pentti förklarade att han trodde att det hade varit självaste Louhi som hade kommit flygande och blivit rädd att hon skulle röva bort honom. När han fick förklarat hur det hela låg till blev han nyfiken på ballongen och förklarade att vinden brukade vända mot väst på morgonen och kunde man bara komma på ett sätt att få lakanet att fyllas med varm luft så skulle nog Ebba kunna åka hemåt igen. Sedan bjöd Pentti på bastubad, vodka och älgkorv.

På morgonen hade Pentti eldat upp bastun ordentligt. Han hade plockat fram en stor flätad tvättkorg som skulle var mycket säkrare och bekvämare under överfarten hem. Han hade också plockat ner ett rågbröd, en flaska brännvin och några saltade strömmingar i korgen så Ebba inte skulle vara hungrig under överfärden. På trädtopparna syntes det att det blåste i västlig riktning och när de tagit ett ömt farväl av varandra och Ebba satt sig i tvättkorgen öppnade Pentti bastudörren och den varma luften strömmade genast ut och fyllde ballongen som snart lyfte från marken och började sväva iväg ut över havet. Medan ballongen steg allt högre stod Pentti och vinkade på stranden. När ballongen hade nått ett par hundra meter upp hände något oväntat, den började att åka tillbaka mot stranden. Det Pentti och Ebba inte kände till var att det i de högre luftlagren passerade den starka sibiriska jetströmmen och nu när ballongen hamnat i den kunde Ebba bara maktlös se på hur hon svävade förbi bastun och en förvånad Pentti, för att sedan susa vidare österut in mot de tusen sjöarnas land.

Jag ska inte uppehålla läsaren med alla de märkliga äventyr som Ebba råkade ut för under sin långa resa jorden runt. För den intresserade rekommenderas i stället Folke Lugers utmärkta biografi "Ebba Hansdotter – Världsomseglare, luftpionjär och ballongkonstruktör". Jag kommer alltså inte att berätta om hur hon landade i Sankt Petersburg och blev tillfångatagen misstänkt för att vara svensk spion och under spektakulära former lyckade fly i sin ballong. Eller om hur hon seglade över den väldiga sibiriska Tajgan för att så småningom landa i Kina där hon blev anställd av kejsaren av Kina som första ballongtillverkare och hur hon uppfann en ny ballongmodell med inbyggd brännare som hon sedan korsade Stilla Havet med. Hur hon hyllades som en hjälte i Amerika och fick ta emot en guldmedalj av presidenten för sina insatser under frihetskriget. Inte heller hinner jag med den mirakulösa räddningen, där hon med nöd och näppe lyckades rädda livhanken med hjälp av en bit fiskskinn och nål och tråd, när en rasande orkan på Atlanten hotade att kapsejsa hela farkosten. Eller för den delen den vecka hon tillbringade i Paris som gäst hos Maximilien Robespierre som ivrigt lyssnade på hennes hjältedåd under det amerikanska frihetskriget. Inte heller hinner vi med att beskriva hennes spännande vistelser i London och Köpenhamn innan hon till slut landade med sin luftfarkost i sin egen trädgård i lagom tid för att börja med middagen. Visserligen nästan ett år försenat, men bättre sent än aldrig som Ebba brukade säga.

Det vackra sidentyget som hon fick av kejsaren av Kina till ballongen blev ett välkommet tillskott till den stora sängen där familjen under ett år hade blivit tvungna att sova direkt på den hårda tagelmadrassen. Tvättkorgen som hon fick av Pentti hade hon behållit trots att hon låtit tillverka en mycket större och bekvämare ballongkorg i Kina. Tvättkorgen visade sig komma väl till pass till hennes nyfödda dotter som under ballongfärden fick nyttja den som vagga. Dottern som nu var ett par månader gamla hade fått det vackert klingande namnet Louhi Flygia. Flygia skulle inte följa sin mors fotspår då det visade sig att hon trots sitt högtflygande namn var rysligt höjdrädd och knappt vågade stå på en pall utan att få svindel.

Nu undrar du förstås varför du inte läst om denna historiska händelse i historieböckerna eller varför du inte hört talas om den i skolan? Det är inget annat än en stor skam. För hade Ebba Hansdotter varit man och adlig så hade hon säkert fått motta Serafimermedaljen ur självaste Hans Majestäts Kunglighets hand för sina banbrytande och äventyrliga upptäckter. Men eftersom Ebba Hansdotter bara var en vanlig fattig kvinna har denna historiska händelse försvunnit ur historien, vilket är synd, för det är en bra historia.

Konsten att binda ihop historien

Robert Broman hade än en gång tagit ett tidigt morgontåg från Stockholm till Kramfors för att värdera en boksamling från ett dödsbo. Det var en äldre man som hade bott i en lägenhet som saknade arvingar. När hyresvärden skulle röja ut bostaden uppmärksammade han en hylla med fina inbundna böcker och kom att tänka på Robert Bromans antikvariat som han hört talas om genom sina bekanta i Bastuvisans vänner. Böckerna kunde kanske vara värt något? tänkte hyresvärden och kontaktade Robert Broman.

När Robert Broman steg in i lägenheten, som bestod av ett rum och kök, såg han först det stora skrivbordet framför fönstret. Skrivbordet verkade vara uppdelat i två prydliga och ordentliga områden. På den ena sidan stod en gammal skrivmaskin med en bunt tomma papper bredvid och på den andra sidan låg en bunt med ett fint rött skinn med olika verktyg i prydliga rader som stållinjal, skalpell, nål och tråd. Till vänster om skrivbordet fanns bokhyllan och Robert blev omedelbart intresserad av de vackra bokbanden i hyllan. På ryggen till de oxröda skinnbanden stod det med guldbokstäver "Svenska biografier" och därunder titeln på verket som: Övertståthållare Franz Nepenhierna – minnen och memorandum; Biskop Hadar Siklateius – jakten på helgonet med fyra stortår; Generallöjtnant Erik Pomerans – fälttåg och ädelmod i Preussen med omnejd; Ebba Hansdotter – Världsomseglare, luftpionjär och ballongkonstruktör, Ruben Istidson – konstnären som omfamnade solen.

På den andra hyllan fanns det böcker med överskriften "Historier över svenska bygder och härader" och titlar som: Äveryds socken, Tomlösa härad, Nils Nilsby och Dyfors församling. På hyllan under var det en samling reseberättelser med titlar som: En reseberättelse från Ostvridistan av Henrik von Hummerklo; I köldens grepp – min färd till Nordpolen av Charlotte Vintersorg eller Tur och retur till Bortistanzka av Paul Henrik Kummeldorfp.

Robert tog ut en bok ur hyllan och vände och vred på den. Bindningen var utsökt och materialet exklusivt, men när han öppnade boken blev han förvånad. Texten i boken var maskinskriven på vanligt enkelt skrivmaskinspapper. Insidan stämde inte alls överens med den skickliga och exklusiva utsidan. Det fanns inte heller några uppgifter om tryckeri, utgivare eller andra uppgifter som brukar vara vanliga på försättsbladet i tryckta böcker. Robert som ansåg sig vara en beläst och bildad person med intresse för många olika områden kände inte heller igen personerna eller orterna som böckerna handlade om. Han fick en underlig magkänsla av att det var något som inte stod rätt till här.

Han beslöt att låna telefonen och ringde upp några bekanta för att undersöka saken närmare. En vän på Kungliga biblioteket meddelade att ingen av böckerna fanns i deras samlingar och man inte kunde hitta några av de personer som Robert hänvisade till i deras register. En expert på reseböcker hade aldrig hört talas om varken Ostvridistan eller Bortistanzka eller för den delen personerna som skulle ha besökt dessa platser. En vän som var historiker och specialiserad på härader och församlingar var helt säkert på att varken Dyfors församling eller Tomlösa härad hade funnits i historien.

Fundersam beslöt Robert att fråga hyresvärden om han visste något mer om den avlidna. Mannen som hade bott i lägenheten hette Folke Luger enligt hyresvärden och hade arbetat som svensklärare, men vid 50 års åldern ärvt en del pengar och sagt upp sig för att ägna sig åt sitt författande på heltid. Hyresvärden visste inte så mycket mer. Folke Luger hade skött sig, var omtyckt av grannarna även om han var lite tystlåten och tankspridd, men han hade alltid betalat sina räkningar i tid och hyresvärden hade inte hört några klagomål.

Robert Broman kunde konstatera att alla biografierna, reseberättelserna och bygdeskildringarna var rena rama fantasierna. Varför Folke Luger bemödat sig med att skriva alla dessa påhittade historier utan en enda tanke på att publicera dem på något sätt, var en gåta för Robert. Folke hade renskrivit sina berättelser på sin gamla skrivmaskin och sedan ägnat många timmar åt att binda in dem på ett konstfullt och hantverksskickligt sätt bara för att sedan ställa in böckerna i bokhyllan utan att någon någonsin fick läsa dem. Robert hade skummat några sidor i böckerna och han kunde konstatera att de var välskrivna, även om stilen kändes lite gammaldags och var på många sätt efterapningar av äldre tiders biografier och reseberättelser. De var alltså inte speciellt originella på något sätt utan snarare medelmåttiga. Det fanns många liknande och bättre böcker om riktiga personer och platser för den som var intresserad av den här typen av berättelser.

Robert förklarade för hyresvärden att även om det var väldigt fina böcker till utsidan sett så fanns det inget större värde i dem och han kunde inte heller se att böckerna passade in i hans sortiment. Det skulle vara om hyresvärden kunde hitta en köpare som ville ha en bokhylla med fina bokryggar för ren dekoration skull, men då kunde han få ett bättre pris om han annonserade själv i lokaltidningen. Robert konstaterade att han inte var intresserad av boksamlingen, men han kunde tänka sig att köpa en bok, bara för att kunna visa det fina hantverket för några vänner som var intresserade av bokbinderi. Han hade därför plockat ut en biografi ur bokhyllan som han var villig att ge en 100-lapp för. Det var den om "Ebba

Hansdotter – Världsomseglare, luftpionjär och ballongkonstruktör". Hyresvärden hade besviket accepterat Roberts bud och Robert hade tackat för sig och därefter gett sig iväg mot tågstationen med det oxröda skinnbandet med biografin om Ebba Hansdotter under armen.

Dumboms leverne

En sommar i mitten på 50-talet tvingades Erik Nyman att skaka galler ett par månader vid Länsfängelset i Härnösand för olovlig spritframställning och försäljning. För att fördriva fängelsetiden lånade han böcker ur fängelsebiblioteket. Anledningen till att jag vet det är att jag för några år sedan hittade en låda med böcker på en loppis i Älandsbro stämplade med Biblioteket vid Härnösands Länsfängelse och i ett par av böckerna hade någon skrivit i marginalerna och undertecknat med E.N. När jag började läsa anteckningarna fascinerades jag av den märkliga historien, men då jag bara kunde hitta tre böcker som Erik Nyman skrivit i fanns det stora hålrum i berättelsen. Jag blev som besatt av att få tag i de andra böckerna för att kunna läsa hela historien.

Det tog många år och en hel del detektivarbete innan jag lyckades lägga händerna på alla de böcker som Erik Nyman hade lånat från det gamla fängelsebiblioteket. Biblioteket hade under åren avvecklats och böckerna förskingras över hela länet. Men som tur var hittade jag i länsarkivet i Härnösand en liggare med utlån från biblioteket och kunde där se vilka böcker som Nyman hade lånat under sin fängelsevistelse. Annars hade det varit ett evighetsjobb att spåra upp alla böckerna som fanns i biblioteket. För någon vecka sedan lyckades jag äntligen få tag i den sista pusselbiten i berättelsen. Den fanns i "Petersburgsnoveller" av Nikolaj Gogol utgiven av Tiden förlag 1946. Därför kan jag nu för första gången presentera den märkliga historien om "Dumboms leverne" nedtecknad av Erik Nyman:

Det var på sommaren 1947 när jag experimenterade och försökte lära mig behärska hembränningens ädla konst som jag råkade ut för ett allvarligt missöde. Jag hade arbetat hela natten och måste ha blandat ihop ingredienserna eller kopplat rören och slangarna fel på något sätt för istället för etanol så kom det ut metanol ur tappen. Man kan ju tycka att en ynka bokstav inte kan ha stor betydelse, men det har det tydligen. Törstig fyllde jag ett stort glas med den första spriten och omedveten om att det var träsprit svepte jag hela innehållet. När jag kände den ettriga eftersmaken på tungan insåg jag mitt fatala misstag. Men då var det redan för sent. Träspriten gick mig direkt åt huvudet och förgiftade mina sinnen. Jag vet inte vad som hände sedan, men tydligen blev jag helt galen och hoppade från taket ner i en gödselstack och sprang naken omkring på torget i Bollsta innan polisen omhändertog mig och körde mig till Björknäs sjukhem där jag fick komma till sans.

Under min vistelse på Björknäs sjukhem träffade jag en märklig filur. Först trodde jag att han var en idiot, men när jag fick möjlighet att se honom i ögonen så förstod jag att han egentligen var en mycket intelligent människa, han försökte bara spela dum. Jag försökte prata med honom men fick bara korta enstaviga ord som svar. Allt han sa var: Ja dum, du sjuk. Ord ej bra. Int tal. Glöm bli dum.

Jag frågade Dr Molander om mannen och fick reda på att han var en berömd professor i språkvetenskap vid Lunds universitet. Han var född och uppvuxen i trakterna och hade vi pensioneringen flytta hem igen, men något hade inträffat under det senaste året. Språket och ordförrådet verkade tillbakabildas. Kanske kunde det vara någon form av hjärnröta eller demens för han verkade bara bli dummare och dummare för varje dag som gick förklarade dr Molander för mig. Jag trodde inte riktigt på dr Molanders slutsatser utan misstänkte att något annat låg bakom professorns spelade dumhet. Samma dag som jag skulle bli utskriven råkade jag stöta ihop med honom i korridoren och han tryckte något i min hand. Jag såg in i hans djupa intelligenta ögon medan han muttrade: Läs, glöm, dum. Innan han försvann iväg längs de långa vita korridorerna.

När jag kom ut från entrén till Björknäs sjukhem såg jag att det var en bunt toapapper som mannen hade tryckt i min hand och att pappret var täckt med skrift. Senare på kvällen tog jag fram pappret ur fickan och började läsa den märkliga texten.

Varning till mänskligheten

Mitt namn är Albert Lundström, professor emeritus i språkvetenskap vid Lunds universitet. I hela mitt liv har jag ägnat mig åt språket och dess uppkomst. Genom gedigna efterforskningar i själva språkets ursprung har jag upptäckt något fruktansvärt. Språket är egentligen ett virus med ursprung från yttre rymden. Det har länge diskuterats varför människan plötsligt, för runt 50.000 år sedan började utvecklade ett språk. Det finns nämligen inga fysiologiska eller anatomiska förändringar i den mänskliga biologin som skulle kunna förklara denna plötsliga utveckling av ett språk. Men ungefär för 50.000 år sedan slog en asteroid ner på jorden som innehöll ett utomjordiskt virus som infekterade människan. Viruset har sedan dess spridits, muterat i olika varianter och blivit alltmer avancerat. Idag har det i princip tagit över den mänskliga hjärnans intellektuella kapacitet. Ovetande sprider vi detta virus när vi pratar, skriver och kommunicerar. Att skriva en bok är som att nysa någon rakt i ansiktet, det är ett effektivt sätt att sprida viruset vidare till ovetande medmänniskor.

För att utrota detta virus och återta kontrollen över våra sinnen måste vi därför svälta ut det och försvaga viruset genom att försöka glömma bort språket. Vi måste alltså igen bli obildade och illitterata. I miljontals år har människan klarat sig utan ett språk, så det går att rädda mänskligheten från denna fruktansvärda sjukdom och överleva som ras utan språket. Vi måste bli dumma för att bli kloka igen. Vi måste avmaska oss bokstävernas gift, vaccinera oss mot talets förföriska ljudkombinationer och slita meningarnas DNA ur våra kroppar än gång för alla.

Efter min pensionering flyttade jag tillbaka till Kramfors för att i lugn och ro försöka hitta ett botemedel mot denna fruktansvärda sjukdom. Jag kom under min forskning i kontakt med Karl Peter Nyman och joisterna. Här såg jag ett möjligt botemedel. Genom att minimera språket och skala bort allt det onödiga och begränsa vår kommunikation till olika inandningsljud så skulle vi kunna isolera viruset och hindra det från att spridas och utvecklas vidare. Jag har därför beslutat att utnyttja språket, dvs viruset en sista gång för att skriva denna varning och sprida min kunskap om hur man förintar det. Jag kommer efter denna varning att frigöra mig från språket för att slutligen enbart kommunicera med jo-ljud. Jag ber dig som läser detta. Skicka denna budkavle vidare runt om i världen och frigör dig sedan från språket innan det är för sent och viruset helt har tagit över våra sinnen och kroppar och förslavat mänskligheten, för gud vet vilket fruktansvärt syfte.

När jag hade läst detta märkvärdiga brev skrivet på toapapper började jag gapskratta. Dr Molander hade nog rätt ändå. Det var hjärnrötan som hade drabbat den stackars mannen. Bara en tokig person skulle påstå att språket skulle vara ett virus från yttre rymden. Men det var ändå en rolig historia som jag tyckte var värd att skriva ner för att få tiden att gå under min fängelsetid. E.N.

Journalanteckning rörande Johanna Enkvist

Det måste vara något i vattnet tänkte dr Molander när han satte sig bakom skrivbordet. De senaste åren hade det varit en epidemi av besynnerliga fall i trakten. De patienter som hans kollegor i grannkommunerna behandla bestod av milda psykiska symptom som uttråkade hemmafruar, levnadströtta änklingar, deprimerade ungdomar, en och annan skogsarbetare som fått lappsjukan eller någon A-lagare som drabbats av delirium. Men de senaste åren hade dr Molander mött flera besynnerliga fall med märkliga och svårartade vanföreställningar som lätt skulle kunna platsa i en avhandling om märkliga psykiatriska åkommor. När det gällde Johanna Enkvist så var det tydligt att det var något med vattnet iallafall.

Han tog fram journalen och funderade en stund hur han skulle börja. Till slut satte han pennan mot pappret och började skriva. Bakgrund: Patienten berättade att hon var ute och plockade lingonen uppe vid trakterna av Lomtjärna. Det var svettigt och mycket mygg som irriterade henne och gjorde henne arg. Hon fick syn på en gren på marken som hon plockade upp för att vifta bort myggen med, men råkade i stället slå till en klippa. Ur den solida klippan började det då porla vatten. Eftersom patienten kände sig varm och törstig smakade hon på vattnet. Då var det som allt klarnade och uppenbarade sig för henne. Hon fick en stark vision, som en tjock svart gardin hade dragits bort från fönstret och den starka sommarsolen strålade in i rummet. Hon insåg att människans medvetande är fångad i lönearbetets slaveri. Vi är alla fastkedjade i grottekvarnen och trälar i arbetets monotoni. Arbetet hindrar oss från att se sanningen. Sanningen är att det är fantasin som är urkraften, själva skapelsens energi och ljuset i våra liv. Medan arbetet är som en tjock filt som kväver oss med sitt instängda och unkna mörker. Genom att fantisera och dagdrömma når vi det gudomliga och får ta del av oändligheten. Genom skapandet blir vi själva gudomliga och den högsta formen av skapande är att skriva poesi för då kommer man det högsta närmast. Vi måste befria oss från arbetets trälok och resa oss som fria starka fantiserande människor förkunnar patienten.

Dr Molander såg upp från pappret. Arbetsskygg tänkte han. Det var en del av diagnosen. Hur skulle det se ut om alla slutade arbeta och flummade runt och fantiserade och skrev poesi? Ja, så långt var patientens berättelse inte speciellt utmärkande från andra liknande fall. Han hade träffat en hel del arbetsskygga personer genom åren, men det var fortsättningen som han inte visste hur han skulle formulera. Efter ett tags funderande fortsatte han skriva:

Patienten tror att hon är en reinkarnation av en sångerska från ett rumänskt hårdrocksband. Hon får återkommande anfall där huvudet kastas fram och tillbaka och hennes långa svarta hår piskar mot golvet medan hon utstöter dova gutturala läten och kroppen verkar krampa i olika poser där händerna blir till klor med lillfingret och pekfingret utspärrade. Under dessa återkommande anfall tycker jag mig kunna urskilja olika textfragment på engelska med kraftig brytning som: "I have travelled far to the east to the castle with 777 stairs / At the sevens mountains of despair" och "Father 77 years have gone since I spoke But I still feel fears." Sjutalet verkar vara centralt i patientens föreställningsvärld.

Jag har förhört mig med familjen om det tidigare funnits ett intresse för den typen av extremmusik och obskyra eller ockulta intressen hos patienten, men fått till svar att patienten aldrig visat några tecken på att intressera sig för musik alls.

45

Patienten kunde visserligen någon gång lyssna på dragspelsmusik i radion som "Månsken över Ångermanälven" med någon takthöjande yttring har familjen inte observerat. De kommer speciellt ihåg en händelse då man spelade Eilert Pilarm på radion och patienten snabbt hade stängt av radion då hon tyckte det var för rörigt och för mycket toner för hennes öron. Patienten arbetade innan händelsen på skolbespisningen och betraktades av sina arbetskamrater som en arbetsam och uppskattad kollega som aldrig klagade över det tunga arbetet.

När jag under patientens transtillstånd har försökt att få kontakt med henne har jag mest fått korta enstaviga ord till svar som låter som "de, um, du, nu". Ibland dyker det upp några fraser på ett utländskt språk. När vår städare Bogdan med ursprung från Rumänien råkade passera under ett sådant anfall och hörde dessa meningar korsade han sig genast och utbrast "Seven Goats. Der Teufel!" och pekade förskräckt på patienten innan han sprang iväg och gömde sig. När jag försökte få honom att berätta vad det var som hade skrämt honom skakade han bara på huvudet och ville inte prata om det. Någon dag senare hade han slutat sin tjänst. Jag vet inte vart han tog vägen.

När patienten är mer normal och lugnare håller hon i stället långa agiterande tal om lönearbetets slaveri och uppviglar de andra patienterna att lägga ner sina arbeten och istället ägna sig åt att fantisera fritt. Då detta leder till oro bland de övriga patienterna blir vi tvingade att isolera patienten. Då sitter hon i sitt rum och skriver besynnerliga dikter som handlar om gammelfar och sjungande stenar och fjärran stjärnor.

Patienten splittrade och komplexa vanföreställningar gjorde att prognosen var mycket dyster vid inskrivningen, men under sin vistelse på Björknäs sjukhem har patienten mot alla odds tillfrisknat. Vad som ligger bakom detta tillfrisknande kan man bara spekulera kring. Är det en förgiftning som avtagit med tiden och gått ur kroppen? Rör det sig om en sjukdomsepisod som nu övergått i ett mer normaltillstånd? Oavsett verkar patienten så gott som återställd och klagar nu när radion spelar rockig eller popig musik och ber skötarna att stänga av den. Hon uttrycker också en stark önskan om att få återgå till sitt arbete och känner att hon har latat sig tillräckligt på samhällets bekostnad. Därför kommer jag att skriva ut patienten inom några dagar med förhoppning att denna sjukdomsepisod inte återkommer.

Spegelbiblioteket

Hilbert Broman satt i salongen med en kopp kaffe och funderade. Det var idag ett år sedan hans far Herbert Broman hade avlidit. Efter lunchen planerade han därför att åka upp med några blommor och tända ett ljus vid graven. Men först skulle han njuta av morgonens första kopp med kaffe och sommarsolen som strålade in genom fönstret. Han satt och bläddrade i ett gammalt nummer av tidskriften "Kyrkojournalen" med en intressant artikel om finnmarkspoeten Tallii Rootivalta när det ringde på dörren.

Hilbert steg upp från fåtöljen och öppnade ytterdörren. Utanför stod en ung tjej från DHL med ett vadderat kuvert. Hilbert skrev på och tog med sig kuvertet in i salongen. Avsändaren var en advokatfirma i Schweiz som han aldrig hade hört talas om. När han öppnade kuvertet låg där en lång nyckel, som påminde om nyckeln till ett bankvalv och en handskriven lapp. "Nyckeln till spegelbiblioteket. Låset vid runstenen. H.B".

Hilbert kände noga efter i kuvertet men det var tomt. Spegelbiblioteket och runstenen tänkte han. Det måste vara runstenen som fanns i det hemliga biblioteket och som dolde luckan ner i underjorden som hans far menade, för signaturen H.B kunde bara vara Herbert Broman. Dessutom kände han igen sin fars handstil på lappen. Han kände hur saknaden efter hans far bubblade upp inom honom och han ångrade att de haft så dålig kontakt under de senaste åren. Det var så mycket som han hade velat fråga honom om och behövt veta om den bromanska släkten och alla dess hemligheter.

Han såg på nyckeln i handen. Var skulle det finnas ett nyckelhål som nyckeln passade i? Han blev tvungen att öppna dörren till det hemliga biblioteket för att titta efter. Han klev in i det

48

sjukantiga lilla rummet fyllt med bokhyllor längs väggarna. Mitt på golvet stod glasmontern med kilskriftsplattan och på golvet under låg runstenen. Han la sig på knä och tittade noga på golvet. Något nyckelhål kunde han inte se, men det fanns en spricka mellan två av stenarna i golvet som han inte reflekterat över tidigare. Han tände ficklampan på mobilen och lyste ner i hålet med kunde inte se något märkvärdigt. Han provade att ta en bild med blixt ner i sprickan och när han zoomade in på det gryniga fotot på mobilen såg han en form som påminde om ett nyckelhål. Försiktigt stoppade han ner den långa nyckeln i sprickan och när den nådde botten vred han försiktigt nyckeln. Plötsligt hörde han ett klick.

Bokhyllorna på väggarna började långsamt rotera. Varannan bokhylla hade en ny bokhylla på baksidan medan bokhyllan bredvid förvandlades till en stor hög spegel. Hilbert reste sig förvånat upp från golvet och tittade nyfiket på hyllorna. Nu förstod han var alla de magiska, hemliga och obskyra böckerna och skrifterna som var markerade i liggaren med placeringen SvM7 hade tagit vägen. I det hemliga biblioteket fanns ett ännu hemligare och dolt biblioteket. Det här var alltså spegelbiblioteket tänkte Hilbert medan han förundrad och nyfiket gick runt och tittade på alla de märkliga föremålen. På hyllorna fanns kilskrifttavlor, papyrusrullar, pergament, incunabula, grimoires och andra gamla böcker skrivna på utdöda språk och från försvunna civilisationer. För en forskare måste detta bibliotek vara ett paradis tänkte Hilbert. På en hylla såg han ett exemplar av "Inventio Fortunata" och på en annan hylla en kopia av filmen "London after midnight", extended version stod det på plåtasken. Var inte den filmen försvunnen för eftervärlden? Hur hade den hamnat här undrade Hilbert förvånat?

På en hylla fanns en samling med sju små böcker i kvartoformat inbundna med skinn från olika djur som huggorm, gädda och bäver. Hilbert tog ner en av böckerna och öppnade den. Sidorna var fyllda med texter på latin skrivna med en sirlig och prydlig handstil och fylld med figurer, magiska cirklar och symboler.

På hyllan under låg en prydligt hopvikt hög som såg ut vara gjord av ett ljust skinn med olika symboler och runor tatuerade på. Bredvid låg en ihoprullad pergamentrulle och en lapp med texten "VARNING LÄS DETTA FÖRST!" textad med stora röda bokstäver på. Hilbert tog upp lappen och började läsa.

Likdräkten på hyllan består av necromancern Iohannis Heptaconius skinn. Det berättas att Iohannis till slut blev infångad av en av storinkvistor Thomas de Torquemadas utsända män och levande flådd innan han brändes på bål. I rullen bredvid finns den beryktade ojordningens besvärjelse. Om man fyller likdräkten med halm och ritar upp heptagrammet på marken och matar halmdockan med en droppe blod och läser ojordningens besvärjelse så kommer Iohannis Heptaconius att återvända från de döda. Necromancern kommer nu att vara helt i din makt och du kan ställa vilka frågor som du vill till honom. Men var försiktig, för om du råkar komma in i den magiska cirkeln eller om den bryts så kommer necromancerna att överta din kropp och du hamna i halmdockan.

Hilbert såg skrämt på den hopvikta högen med människoskinn och en rysning gick genom kroppen. Han hade svårt att se i vilken situation som någon skulle vilja väcka den döda necromancern till liv. Hilbert såg på sig själv i en av de sju speglarna i rummet och tänkte att det här huset och hans släkts historia var fylld med bisarra hemligheter. I spegeln noterade han plötsligt något underligt, det var något som inte stämde med spegelbilden. Det tog ett tag innan han förstod vad som var fel och en rysning gick genom hans kropp. Spegelbilden visade inte rummet som han stod i utan det visade biblioteket så som det var innan hyllorna och speglarna vändes. Hur det optiskt var möjligt kunde han inte förstå. När han såg sig om såg han en spegel på andra sidan rummet, men i spegeln framför sig var det bara bokhyllor bakom honom. Han backade med blicken fäst på spegeln framför sig och sträckte fram handen mot en av böckerna på bokhyllan bakom sig och till sin förskräckelse kände han det mjuka lädret mot sin hand när han greppade tag i boken. Han vände sig snabbt om stirrade rakt in i en spegel och såg att handen låg mot spegelglaset. Han tittade bort mot spegeln på andra sidan av rummet igen och där kunde han tydligt se bokhyllan. Han sträckte handen mot boken på hyllan igen och greppade den här gången stadigt tag om den innan han drog ut den från hyllan. Han vände sig om. I handen höll han boken, men spegeln framför honom var solid och ogenomtränglig. När han öppnade boken såg han till sin förvåning att texten var spegelvänd.

Han kunde inte förklara det märkliga spegelbiblioteket med något annat än att det rörde sig om magi. Spegelbiblioteket verkade vara som ett eget rum i rummet, som om han befann sig i en annan dimension. En gäll ringsignal fick honom att vakna upp ur sina tankar. Han såg på klocka den var redan efter 12 och han kom ihåg att han hade kommit överens med Nikko Hirvenpää att han skulle hämta honom och köra honom till kyrkogården. Hilbert såg sig omkring en gång till i det märkliga spegelbiblioteket innan han vred tillbaka nyckeln och biblioteket återställdes till sitt normala utseende.

Det hemliga kärleksspråket

Hilbert Broman klippte av snöret på paketet och vecklade ut det styva bruna omslagspapperet. Äntligen tänkte han när han såg boken i paketet. Äntligen har jag fått tag i en kopia av Jesper Hornbergs avhandling "Det outtalade språket: En studie i fnysningar, harklingar, hostningar, suckanden, snoranden och andra inandningsljud i Gudmundrå socken." Hilbert ögnade igenom innehållsförteckningen och såg att här fanns både Bjärtråfnysningen, Nylandsharklingen, olika inandningsvariationer från Nästvattnet och den sällsynta dubbelsnoringen från Strinne beskriven.

Jesper Hornberg var en språkforskare som under senare delen av 1800-talet hade rest runt i trakten och suttit och lyssnat och iakttagit människorna i deras vardagsliv. Han hade noterat hur de harklade sig, fnyste, suckade, snorade sig, hostade till eller bara andades in under samtalen. För en utomstående framstod dessa uttryck som obetydliga ljud som uppkommer helt naturligt och omedvetet under ett samtal, men Hornberg hade upptäckt ett hemligt och uråldrigt ordlöst språk som han med åren hade lärt sig att behärska. I Bjärtrå kunde två gummor sitta och prata i stugan över en kopp kaffe och den ena berätta om hur duktig hennes son var och att han snart skulle gifta sig med en gudfruktig kvinna från Utansjö. Då kunde den andra gumman lägga vänstra pekfingret på vänstra näsborren och fnysa till med den högra. Det betydde enligt Hornberg, en djup skepticism om sanningshalten i det utsagda. Till exempel: -Skulle hon vara en gudfruktig kvinna, hon som har horat med hela socknen? Eller om en gubbe i Nyland kom in till prästen och harklade sig lite försynt så kunde det betyda: -Goa pastorn nu har jag huggit upp all veden och staplat den inför vintern. Man skulle inte kunna få ett förskott på betalningen? Vi skulle behöva köpa lite medicin till flickan vår

52

som fått lungsoten. Prästen kunde då svara med ett hä-ljud som betydde: -Vet hur människa! Stör mig inte med obetydliga världsliga saker när jag förbereder söndagsmässan.

I Strinne hade man en mycket speciell dubbelsnoring. Den användes som tecken för att man gillade det man hörde och gick till så att man ganska snabbt men med svag kraft drog in snoret först i den vänstra näsborren och sedan liksom kastade över snoringen till den högra näsborren. Det krävdes lång träning för att få till det rätta knycket så snoringen nästan obemärkt gick över till den högra näsborren. Om en gubbe kom hem till frugan efter en lång arbetsdag i skogen och frugan sa att hon hade lagat potatis med fläsk, trots att det bara var en vardag, och dessutom hällde upp ett kallt glas öl åt gubben. Då kunde gubben sjunka ner på pinnstolen och ge ifrån sig en dubbelsnoring som gumman tolkade som: - Du är för bra rar du gumman min. Du vet vad en gubbe behöver efter en slitsam dag i skogen.

Man ska nu inte förväxla dubbelsnoringen i Strinne med dubbelsnoringen i grannbyn Nässom. Där har nämligen dubbelsnoringen den motsatta betydelsen, att man starkt ogillar något. Det har naturligtvis lett till en hel del missförstånd genom åren och många olyckliga och långvariga konflikter mellan människor. Hornberg tar upp exemplet med drängen Jonas från Strinne och pigan Anna från Nässom som blev djupt förälskade i varandra och som ville gifta sig, men när Jonas gick till Annas far för att be om hennes hand blev det helt galet. När fadern berättade om hemgiften som var ganska generös dubbelsnorade Jonas av gillande, men fadern uppfattade det som djupt ogillande och blev rasande över att friaren inte tyckte det var gott nog för att gifta sig med hans dotter. Något bröllop blev det inte frågan om utan det

53

utvecklades istället till en långvarig och infekterad konflikt mellan de två släkterna.

För en utomstående besökare så kan det outtalade språket leda till en del pinsamma episoder, om man inte är medveten om alla dessa sublima språkkoder som finns i småbyarna i Kramforstrakten. Även en erfaren språkforskare som Jesper Hornberg råkade ibland trampa rejält i klaveret. I kapitlet om "Förkylningsliknande kärleksförklaringar runt Saltsjön" berättar Hornberg om hur han en vinterkväll hade knackat på en enslig stuga i skogarna kring Saltsjön. Han hade åkt vilse och var trött och frusen. En änka hade öppnat dörren och förbarmat sig över honom och släppt in honom i värmen. När Hornberg satt framför brasan med en skål köttbuljong hade han känt hur det började klia i halsen och med handen hade han kvävt två korta hostningar och därefter snorat till två gånger med den vänstra och sedan en gång med den högra näsborren innan han slutligen hade harklat sig ljudligt. Änkan som hittills hade behandlat Hornberg väl och gästvänligt bleknade nu plötsligt och blev sedan fly förbannad och grep tag i brödspaden vid spisen och jagade ut den stackars språkforskaren i vinterkylan.

Det tog flera år innan Hornberg genom sina studier fick svaret på gåtan. Vad hade egentligen hänt där i stugan? Jo kring Saltsjön hade man under generationer utvecklat ett avancerat sätt att uppvakta det andra könet på. Det var ett ordlöst språk som bestod av nysningar, hostningar och snörvlingar som gjorde det möjligt för två kära att i hemlighet utbyta ömhetsbetygelser och inviter. Den stackars Hornberg hade ovetande signalerat till änkan att: -Du var mig ett redigt fruntimmer. Vi skulle kanske tumla runt med varandra i sänghalmen.

Naturligtvis hade den ärbara kvinnan blivit kränkt och rasande av denna skamlösa invit. När Hornberg förstod vad han hade sagt hade han naturligtvis sökt upp änkan för att försöka förklara för henne att det hela var ett stort missförstånd. Men när Hornberg nästan hade lyckats övertyga änkan om att det var en förkylning och inget medvetet oanständigt förslag från hans sida, så hade han drabbats av en allergisk reaktion och börjat nysa flera gånger i sträck. Hornberg fick skamset lunka från änkans stuga med en rejäl blåtira. Vad dessa serienysningar betydde i Saltsjöns hemliga kärleksspråk ville Hornberg däremot inte återberätta i skrift.

Hilbert Broman hade precis läst klart den dråpliga historia om Hornbergs kärleksäventyr och satt och småskrattade för sig själv, då han hörde hur någon kom in i genom ytterdörren.
-Hallå, är du hemma? hördes en välbekant röst. Det var hans fars gamle vän Nikko Hirvenpää som kommit på besök. Nikko brukade titta in då och då för att få sig en kopp kaffe och diskutera utgivningen av kommande utgåvor av "Di Ångermanländska". Det hela brukade nästan alltid sluta med att han själv drog någon historia som han hade hört eller upplevt under sitt händelserika liv. Den här gången var inget undantag. När Nikko satt där i soffan med en kopp kaffe och hade avhandlat några idéer kring nästa utgåva av "Di Ångermanländska" fick han fått syn på Hornbergs avhandling och började bläddrat i den. Hilbert återberättade då den dråpliga historien om Hornberg och änkan som han nyss hade läst.

Nikko skrattade gott åt historien och konstaterade att Saltsjön gör man bäst i att undvika om man är förkyld eller allergisk:

-Ja, det finns mycket som inte sägs här i världen, och många tecken man inte kan tyda fortsatte Nikko. Det påminner mig förresten om en historia jag hörde en gång. Den handlade om en man som odlade och sålde pären. Han hette Konrad Persson och härstammade från Ytterlännäs. En dag fick han ett erbjudande att köpa en bit jord billigt. Det var en äng som låg några hundra meter från kyrkan. Marken såg bördig ut och eftersom Konrad länge hade funderat på att utöka sin potatisodling så slog han till. Det här var på våren, så han hann med att plöja jorden och sätta pären på den nya marken. Skörden på hösten blev riktigt bra. De var stora pären, men lite bleka i skalen, men annars fina och fasta. Potatisen sålde han sen med god förtjänst, men det dröjde inte länge förrän folk i bygden började klaga att de sov så dåligt på nätterna. Gammal som ung fick fruktansvärda mardrömmar. De hemsöktes av gastar, spöken och vålnader så de vaknade gallskrikande och kallsvettiga mitt i natten. Ingen förstod vad det berodde på.

Till slut fick man kalla på dr Molander från Kramfors för att reda ut vad det handlade om. Kanske var det något psykiskt, någon form av masspsykos? Dr Molander undersökte saken noga. Han tog prover och intervjuade de drabbade och kom efter en vecka fram till att det enda som de hade gemensamt var att alla drabbade hade köpt pären av Persson ungefär samtidigt. Dr Molander började nu fråga ut Persson. Hade han kanske använt någon olovlig och förbjuden kemikalie för att bekämpa ohyra eller något nytt gödsel? -Nej, bara vanlig koskit och såpvatten hade Persson sanningsenligt svarat, så dr Molander begav sig till marken där Persson hade odlat pären på. Han började gräva i jorden. Kanske någon hade dumpat gammal kreosot eller annat farligt avfall på marken som kunde förklara saken. När Molander hade grävt drygt en meter ner i jorden träffade spaden på den första skallen och sen dröjde det inte länge innan fler ben, skelettdelar och kranier dök upp ur jorden. Dr Molander blev naturligtvis chockad över att han hade stött på en massgrav. Efter flera efterfrågningar i trakten lyckades han till slut hitta en gammal gubbe som var nästan hundra år gammal och som när han fick platsen beskriven för sig kom ihåg att det var den gamla kolerakyrkogården som låg där. I början av 1830-talet hade nämligen koleran svept över bygden och tagit många män och kvinnor, gamla som unga med sig i graven. Man hann inte begrava alla döingar så man blev till slut tvungen att gräva en stor grav för alla. Sen hade väl platsen glömts bort och försvunnit ur folks minne.

Det var alltså förklaringar till alla mardrömmarna. Persson hade satt potatis mitt bland liken. Potatisen hade sugit upp de dödas safter och när de förtärdes frigjordes ohyggliga mardrömmar från alla de döda och hemsökte de levande. Jo, det var fasansfullt. Ingen ville länge köpa potatis från Persson heller, så han kände sig tvungen att byta namn till Pärson och flyttade sen till i Dämsta där han fortsatte odla och förädla potatis och blev med tiden en mycket uppskattad potatisbonde. Ja Konrad la grunden för en hel generation kända potatisodlare kring Dämstatrakten. Men i fortsättningen undersökte han mycket noga marken han köpte, för någon mer likpotatis ville han inte odla.

Lantbrevbäraren som filmade evigheten

Nikko Hirvenpää satt i soffan med kaffekoppen i handen. Hilbert förstod att han ville berätta något, men Nikko satt och liksom sög på det, väntande på det rätta ögonblicket. Det var ingen idé att fråga eller försöka dra ur honom det, utan det kom när det kom. De satt småtysta ett tag och sippade på det varma nybryggda kaffet, då Nikko ryckte till.

-Ja just det! Det höll jag på att glömma. Jag tog med en film som nog kunde vara intressant att infoga i dina samlingar, eller rättare sagt de bromanska samlingarna.

Han tog fram en rund silverfärgad metallbehållare som legat bredvid honom sedan han satte sig i soffan.

-Det är en mycket speciell film. Den innehåller nämligen evigheten. Det var så att det fanns en man som hette Gösta Johansson och han var lantbrevbärare. När han inte delade ut post i småbyarna i Kramforstrakten brukade han på sin lediga tid cykla omkring med sin lådkamera och ta bilder av människorna i trakten. Han var en flitig fotograf så en hel del bilder blev det med tiden. När han efter en lång och trogen tjänst gick i pension fick han av kamraterna på Postverket en filmkamera som avgångspresent. Snart såg man honom cykla omkring och filma allt han såg. Jag stötte ibland på Gösta under hans cykelturer ute i Finnmarken och runt omkring Ångermanälven när han med filmkameran i högsta hugg dokumenterade vanliga människor som plöjde åkern, hässjade hö, högg ved, bar vatten, fiskade, jagade, dansade och roade sig, jag allt som vanligt folk brukar hitta på. En dag så stannade jag till och började fråga honom om hans nya intresse för filmmediet. Han berättade då att han höll på att göra en långfilm. Det lät mycket spännande och lite oväntat. Att man filmar är en sak, men att man har ambitionen att skapa en långfilm av materialet var väldigt ovanligt i de här trakterna iallafall under den här tiden. Jag stötte på Gösta då och då och något år sedan tog jag upp tråden om filmen och frågade hur det gick med hans långfilm. Började den kanske bli klar snart undrade jag? -Jo, svarade Gösta. Nu är den så gott som klar. Jag tänkte faktiskt att jag skulle visa den nästa helg på Lunde Folkets Hus. Du är välkommen om du vill.

Så kom det sig att jag nästa lördagskväll befann mig tillsammans med ett 100-tal andra förväntansfulla människor i den mörka salen på Folkets Hus i Lunde som för kvällen hade gjorts om till biograf. Det var många människor som under åren hade blivit filmade att Gösta och det var många som hade kommit för att se sig själv på filmduken, för det var inte var dag man fick vara med i en långfilm.
Gösta kom som vanligt cyklande. Projektorn hade han i en trälåda på pakethållaren och filmduken var instucken i ett långt rör som satt fast på ena sidan av cykeln. I salen riggade han upp duken längst fram och ställde sedan projektorn längst ner och laddade filmen. Ljuset släcktes i salongen och projektorn startade. Det fladdrande ljuset från projektorslampan fick de små dammpartiklarna i rummet att dansa i ljuset. På filmduken syntes en svart ruta med en svagt flimrande ljus i kanten. Efter ett par minuter började folk att vrida på sig. Skulle inte filmen börja snart undrade man? Surret steg i salen och jag blev tvungen att gå ner till Gösta som stod vid projektorn och fråga om det var några problem med filmen?

-Nej, svarade Gösta kort, allt fungerar som de ska. Sätt dig nu så du inte missar det bästa.
Så jag gick och satte mig igen på den hårda träbänken, men efter några minuter till med den svarta filmrutan, märkte jag

att besökarna otåligt började skruva på sig och jag blev tvungen att igen gå ner till Gösta och påpeka att filmen är ju alldeles svart. Är det säkert att allt fungerar som det ska? -Ja, inte är det något fel på filmen inte, svarade Gösta. Visste du att större delen av tiden när du ser på film så befinner du dig i mörkret? Att vi inte ser mörkret mellan filmrutorna beror på bildhastigheten som lurar ögat så vi upplever en konstant rörelse, men egentligen är det mesta svart som vi ser. När jag började framkalla den första filmen, lade jag märke till denna svarta rand mellan rutorna och då insåg jag att det var i mellanrummet mellan filmrutorna som det viktigaste fanns. Det var som om självaste evigheten hade fastnat mellan bildrutorna. Jag skulle kunna gå så långt och att hävda att jag har lyckats fånga konturerna av det gudomliga i min film. -Så filmen är bara svart utbrast jag häpet? Men vad hände med allt det andra som du filmade under alla dessa år. -Det har jag bränt upp. Det var ju bara bilder, men de var ändå nödvändigt att filma allt detta för att kunna fånga mellanrummet, det lilla glapp som uppstår i verkligheten och som öppnar en port så man får en skymt av evigheten som ligger bortom allt det vi kan se.

Jag satt kvar och såg klart på filmen medan resten av publiken besvikna började lämna salen en efter en. När filmen var slut och Gösta tände belysningen igen förstod jag att jag hade varit med om något mycket ovanligt. En sån där sak som man bara får uppleva en gång i sin levnad. Gösta hade fångat en liten skärva av evigheten, ja, jag skulle nog gå så långt att säga att jag där i mörkret på Lundes Folkets Hus såg en skymt av Gud. Efter den kvällen la Gösta filmkameran på hyllan. -Jag har ju redan uppnått det jag ville uppnå förklarade han. Vad är det för idé att göra ännu en film om evigheten, en räcker gott och väl.

-Ja, så nu förstår du varför den här filmen borde ingå i de bromanska samlingarna. För det är en bit av evigheten som ligger i den här kapseln. Det är inte alla som kan säga att man äger en bit av evigheten. Nikko tog en klunk ur kaffekoppen och såg upp på tavlan ovanför eldstaden. Han pekade på tavlan och sa:

-Kanske är det det älgarna också stirrar på i den mörka tjärnen på tavlan. En bit av evigheten.

Dragspelet i ladan

När Hilbert öppnade ytterdörren stod hans vän Nikko Hirvenpää utanför. I ena handen höll han en påse med nybakade bullar och i den andra en vinylskiva.

-Nu ska du få höra vad jag hittade i en låda där hemma när jag städade. Och så har frugan bakat bullar så om du bara sätter på kaffet ska jag leta reda på din fars gamla skivspelare så vi kan lyssna på den här. Han viftade med vinylskivan framför ögonen på Hilbert.

De satt i vardagsrummet med varsin kopp kaffe, på ett fat låg bullarna upptravade. Nikko hade burit fram den gamla vinylspelaren och ställt den på bordet. Han tog upp skivan och tog ut den ur konvolutet.

-Jo du ser. Det här är en riktig raritet. Det är en EP med gruppen Lomtjarna som bara gjordes i 77 exemplar. Det är en bildskiva förstår du. Ser du att själva ytan på skivan består av en bild? Det ska föreställa vatten och om man vinklar den verkar det som om vattnet rör sig och i en speciell vinkel så ser hela skivan ut som ett stort öga. Det är något slags hologram tror jag. Fiffigt va?

-Hur har du fått tag i skivan? Black Metal känns inte riktigt som din musikstil? undrade Hilbert nyfiket. Han var väl bekant med den obskyra och ganska okända gruppen Lomtjarna eftersom hans barndomsvän hade startat gruppen. Men han kände inte till att de skulle gett ut någon bildskiva.

-Nej, verkligen inte. Sånt skrän brukar jag inte lyssnar på. Tacka vet jag finsk tango och dragspelsmusik skrattade Nikko. Men jag hjälpte Nils-Johan Johansson en gång och som tack fick jag sedan den här skivan. Men låt oss först lyssna på den och sen ska jag berätta en bra historia kring den. På A-sidan finns låtarna "Requiem för gammelfar" och "Fuga för tomheten". Men på B-sidan finns en instrumental låt som heter "Kosmisk polska från Lomtjärna" som jag tänkte vi skulle lyssna på. Låten är sju minuter lång så du får ha lite tålamod och ha ett öppet sinne.

Nikko satte på skivan och de lutade sig tillbaka i soffan och lyssnade. Hilbert slöt ögonen och drogs snart iväg in i en märklig dröm av den egendomliga musiken.
-Nå vad tyckte du?
Hilbert ryckte till. Det kändes som om han hade vaknat ur en lång märklig dröm.
-Ja, musiken har den effekten när man lyssnar på den. Man faller nästan ner i en slags trans och man får märkliga bilder och drömmar när man hör den.

Ja, det var precis vad som hade hänt. Hilbert hade liksom svävat iväg när han hade hört musiken. Det var nästan en utomkroppslig upplevelse. Det liknade vad han tidigare hade upplevt på olika öar i Stilla Havet under sina forskningsresor när han hade varit med och bevittnat olika ritualer där någon shaman eller andebesvärjare genom olika substanser och enformiga melodier försatt sig i trans för att komma i kontakt med andevärlden. Han hade liksom förflyttats till ett tomrum när han hörde musiken, han befann sig i en svart rymd som verkade fylld med olika osynliga väsen. En del verkade vänliga medan andra skrämmande och lång bort fanns något obehagligt och skrämmande som fyllde hans själ med fasa. Det fanns en avlägsen punkt i rymden som var så svart och kompakt att den var ogenomtränglig och som hotade att dra ner honom i en bottenlös avskyvärd avgrund.

-Det berättas började Nikko, att Mäsk-Olle en dag hade varit och fiskat uppe i Finnmarken, jag vet inte vilken tjärn han hade besökt, men han hade fått ett riktigt napp och trodde nog att det var självaste urtidsgäddan som han hade fått på kroppen, men se, det var det inte, utan ett dragspel som hade sugit sig fast i bottendyn. Dragspelet var täckt av bottenslam men Mäsk-Olle såg att det var ett fint instrument, med pärlemor och fint utskurna detaljer. Dragspelet var i ganska gott skick även om själva bälgen var trasig så det gick inte att spela på det. Så Mäsk-Olle tog hem det, men bytte det efter några år mot en hembränningsapparat som ska ha tillhört självaste spritsmugglarkungen Algoth Niska. Det var Gösta Nordin uppe i Styrnäs som bytte in dragspelet så du kan själv lista ut hur det förhåller sig med sanningshalten om Niskas hembrännings-apparat. Iallafall försökte Gösta sedan att kränga dragspelet till förbipasserande turister genom att hävda att det var Oskars Jularbos jubileumsdragspel som han hade fått på sin femtioårsdag av självaste Ers Majestät för sina musikaliska insatser för landet, men eftersom dragspelet var trasigt och var väldigt besynnerligt konstruerat så var det ingen som ville köpa det utan det hamnade med tiden långt inne bland all annan bråte och skräp som Gösta hade i sin lada.

Det är nu Nils-Johan Johansson kommer in i bilden. Han letade nämligen efter nya instrument som lät annorlunda som han kunde använda på sin nästa skiva och han råkade av en tillfällighet bokstavligen snubbla över dragspelet när han gick på skattjakt i Göstas lada. Nils-Johan såg genast att det var något märkligt med det. Det liknade inget annat dragspel han hade sett, och det påminde honom om något han hade läst i en bok för länge sedan. Så han köpte dragspelet av Gösta och av en tillfällighet kom vi i samspråk en dag och Nils-Johan undrade om jag kände någon som kunde laga ett gammalt trasigt dragspel och det visste jag ju, för min tremänning Pekka Hirvenpää är ju både en mästare på att spela finsk tango på dragspel men också på att bygga dem. Men när Pekka fick se dragspelet utbrast han förvånat.

-Vad är det för en underlig figur som har spelat på det här? Man skulle ju behöva ha minst sju fingrar på varje hand för att kunna spela det?

-Det var då Nils-Johan kom ihåg vad han hade läst om bälgaspelaren Oskar från Finnmarken. Oskar hade nämligen fötts med sju fingrar på varje hand, men i stället för att låta sig hindras av sin annorlunda anatomi, hade han, liksom den berömda violinisten Niccolò Paganini, använt sina unika händer för att skapa fantastisk musik. Pekka kunde visserligen laga dragspelet, det var egentligen bara bälgen som behövdes bytas och lite rengöring, men jag tror aldrig han listade ut hur man skulle spela på det, men på något sätt lyckades Nils-Johan göra det. För det är just det man kan höra i den här låten. Det är dragspelet som skapar den märkliga melodislingan i bakgrunden. Det låter nästan om som det är alldeles för många toner i melodin. Ja, den påminner om en fuga med alla slingor som går in och ut i varandra. Någon har hävdat att man kan höra partier av "Månsken över Ångermanälven" spelad baklänges i det här stycket. Hur det är med det, vet jag inte riktig, men jag vet att det är ett märkligt och mästerligt komponerat stycke. Skivan fick jag som sagt som tack för hjälpen.

-Vad hände med dragspelet sedan undrade Hilbert nyfiket.

-Det vet jag tyvärr inte svarade Nikko och tog en bulle till från fatet. Det får du nog fråga Nils-Johan Johansson om.

Stigen och enbären

Hilbert Broman satt i fåtöljen och läste om albinogäddan i Holger Bromans uppslagsverk "Norrländsk mytologi – väsena och varelserna i skog och vatten" när någon öppnade ytterdörren och klev in i hallen. Han hörde på fotstegen att det var hans vän Nikko Hirvenpää och snart dök Nikko mycket riktigt upp i dörröppningen till salongen.

Nikko slog sig hemtamt ner i soffan och sträckte över en bok till Hilbert.

-Nu har den äntligen kommit från tryckeriet. Den senaste utgåvan av "Di Ångermanländska". Jag tänkte att du ville ha ett exemplar så jag körde över hit för att överlämna den personligen.

Hilbert tackade och tog emot boken.

-Det där är ett riktigt bra översiktsverk om mytologin i våra trakter. Nikko pekade på Holger Bromans uppslagsverk. Jag har faktiskt funderat på om man inte skulle göra en volym av "Di Ångermanländska" som bara handlade om mytologiska väsen i Ångermanland som albinogäddan, de ansiktslösa, Igelhuggen och andra märkliga väsen. Det finns dock en sägen som Holger Broman inte tagit med. Den är kanske inte så känd, men nog så märklig att den att den bör berättas.

-Det sägs att om man vandrar omkring i skogarna kring Lomtjärna och följer någon av de stigar som finns där så kan det hända, under speciella omständigheter, fråga mig inte vilka, för det är det ingen som riktigt vet, att en vandrare plötsligt bakom en buske eller vid en krök ser en stig som han aldrig tidigare har sett. Det är en bred stig, så han förstår inte hur han har missat den tidigare, då han gått samma väg hundratals gånger innan. Kanske är det ljuset som faller annorlunda den dagen eller så är det växtligheten som är annorlunda beroende på årstiden. Men eftersom stigen är bred och ser välanvänd ut bestämmer sig vår vandrare av ren nyfikenhet att följa den. När han gått ett tag vänder han sig om och ser tillbaka och märker då att stigen verkar svänga kraftigt, för han ser bara ett par meter bakom sig innan stigen försvinner bakom en krök i den täta vegetationen. Det är förstås lite underligt då stigen verkade vara så rak från början. Men om han fortsätter ett tag till så kommer han till en glänta och i gläntan växer en mäktig ek som verkar vara minst tusen år gammal. Det är också lite besynnerligt för ekar är inte direkt något som brukar växa i våra trakter, i alla fall inte mitt inne i den täta granskogen. Att eken är gammal det ser man på den tjocka skrovliga barken, den breda stammen och på mossan som täcker trädet som ett tjockt grönt täcke. Ekens grenar är grova och sträcker sina armar långt ut över gläntan. På grenarna har det börjat växa ormbunkar som fått fäste i mossan och bladen bildar en tät skog som böljar i vinden.

I detta mäktiga träd bor det två märkliga djur. I ett hål i stammen bor en gammal berguv som har den förmågan att alltid ge rätt svar på din fråga. Ugglan kallas därför i folkmun för Sannhoan, för om du ställer en fråga får du ett ho för ja och ett ho-ho för nej och svaret är alltid rätt. Bland ormbunkens grenar springer också en skygg ekorre som har en lång svans som består av fina silverstrån. Om man lyckas fånga ekorren, vilket inte är det lättaste, och tar och rycker av några av hans svanshår kan man av silverhåren göra strängar till en fiol. Ljudet i de fina silversträngarna klingar så vackert att de skulle göra Näcken grön av avund om han fick höra dem. Ekorren kallar man därför för "Näckens sorg".

Bredvid eken växer en stor enbärsbuske som alltid bär frukt. Bären är stora och mörkblå. De har en magisk kraft. För lägger man några enbär i en brännvinsflaska så får man en underbar smak på brännvinet, men också en dryck som är bra mot diverse krämpor, dessutom har den en annan skyddande effekt. För den som bär en flaska brännvin med några av dessa enbär i är skyddad mot supbjörnen och de ansiktslösa. Om de ansiktslösa har du nog redan läst om i Bromans mytologiska verk. De är otäcka spöken av osaliga hembrännare och suputer som gömmer sig i skogarna och som kryper fram när de hör klirret av glas och flaskor. De kan kasta sig över vandrare i skogen och om man inte lämnar över sitt brännvin illa kvickt eller ännu värre om man inte har något utan bara tomglas i ryggsäcken då klöser de sönder hela ansiktet på dig med sina långa vassa naglar. Men med några enbär i flaskan då är man fredad från de ansiktslösa.

-Har du själv sett den där stigen eller känner någon som gått på den? undrade Hilbert när Nikko hade avslutat sin berättelse.
-Nej, jag har aldrig sett den även om jag vandrat omkring en hel del i trakten, men det sägs att Erik Nyman har gått stigen och att han ägde en burk med enbär som han kryddade sitt brännvin med och bälgaspelaren Oskar från Finnmarken ska ha fått strängarna till sin fiol från ekorren i trädet.

Konjakspäronen

-Jag köpte ett nytt öl på Systembolaget som du kanske vill smaka? Hilbert räckte över en brun flaska till Nikko som satt i soffan.

-Det är en IPA från ett nytt lokalt bryggeri som heter Septonia brewery. Det ska vara väldigt gott och populärt har jag hört. Nikko tog emot flaskan och tog en klunk. Han slöt ögonen av välbehag.

-Ja, det var ett utmärkt öl. Det smakar som Ångermanland på något sätt, lite skog, myr och älv. Det får mig att tänka på när Mäsk-Olle hittade en flaska öl i ett pimpelhål.

Det var nämligen så här började Nikko sin berättelse. Det var vinter, februari tror jag, och Mäsk-Olle var ute och åkte skidor för han skulle pimpla rödingen i en tjärn bortom Habborn. Men han körde bort sig lite i skogarna, det kan hända att han var lite på lyran, och plötsligt stod han på en höjd och nedanför i en dal kunde han mellan granarna skymta en tjärn som han inte kände igen. Han kände ju till trakterna ganska bra, så därför blev han ju förvånad över att ha hittat en ny tjärn i skogen. Den var inte så stor, kanske 50 meter lång och 20 meter som bredast där den slingrade sig som en liten orm mellan de två kullarna. Mäsk-Olle tänkte, om jag inte känner till den här tjärnen så gör förmodligen inte så många andra det heller och då kanske det finns gott om fisk i den? Så han började försiktigt ta sig ner för branten och genom den täta skogen för han komma ner till tjärnen.

De var svettigt och besvärligt att ta sig ner för branten, men till sist stod han i alla fall på isen. Så han skidade ut till ungefär mitten av tjärnen och skottade undan snön och började borra. Och han borrade och borrade. Var tjärnen kanske bottenfrusen? För han började tvivla på att han skulle komma igenom den tjocka isen, men precis innan skaftet på borren tog slut bröt den igenom och vattnet forsade upp ur hålet. Han vände sig om för att plocka fram isskopan ur ryggsäcken för att kunna ta bort issörjan, och när han vände sig om igen, det var då han såg den, en brun flaska utan etikett och med kork som guppade omkring i pimpelhålet. Det var ju väldigt märkligt tänkte Mäsk-Olle, hur i hela friden hade den kommit dit?

Han tog upp flaskan ur hålet och ställde den i snön så länge och så började han skopa ur issörjan ur hålet. Sedan tog han fram pimpelspöt och satte maggot på pilken och släppte ner den i djupet. Det dröjde inte många ryck innan det högg till. Det var ett kraftigt hugg och fisken stretade emot bra på vägen upp. Snart låg en fin röding och sprattlade på isen. Den var på drygt ett kilo, alltså en perfekt matfisk. En sån tur tänkte Mäsk-Olle, napp på en gång, och rödingen som kan vara så skygg och svårfångad under den här årstiden. Så han maskade på igen och släppte ner pirken och det dröjde inte länge innan det högg igen. Ännu en fin röding i ett-kiloklassen låg snart och sprattlade på isen. Och så höll det på, så fort han släppte ner pirken och rykte några gånger högg det till. Efter en halvtimme låg 18 fina rödingar på isen. Det är helt otroligt tänkte Mäsk-Olle, vilket fiskeställe.

Det hade börjar skymma, som det snabbt gör vid den här tiden på året, och med drygt 18 kilo röding tyckte Mäsk-Olle att det fick räcka för idag, så han stoppade ner fisken i ryggsäcken och snörde på skidorna och började staka sig hemåt. Skogen runt tjärnen var som sagt tät och svår att ta sig igenom, det var också brant, vilket förklarade varför han inte hade upptäckt tjärnen innan, den låg liksom gömd och svårtillgänglig. Det var väldigt svettigt med terrängen och all fisken på ryggen så Mäsk-Olle blev efter ett tag väldigt törstig. Nu hade han stoppat på sig flaskan i fickan innan han åkte iväg och när han stannade till tog han fram den och tittade nyfiket på den. Vad kunde det vara i den? Så han korkade upp den och luktade. Till hans förvåning luktade det öl. Det vattnades i munnen när han kände lukten. Men går det att dricka tänkte Mäsk-Olle och tog försiktigt en klunk. Åh vilken gudomlig smak! Ölet smakade helt fantastiskt, ja det påminde lite om IPAn du bjöd på. Det smakade himmelsk med inslag av skog, myr och älv. Så Mäsk-Olle som var riktigt törstig vid det här laget svepte flaskan och fortsatte sedan stärk i kropp och själ hemåt.

Hela skidresan hem går sedan som i en dröm. Plötsligt står han framför huset sitt utan att riktigt komma ihåg hur det gått till och han ser att han håller en flaska i handen och utan att riktigt tänka sig för kastar han bort den på gräsmattan där den försvinner ner i snön. När han kommer in i hallen frågar frugan hans hur det gått med fisket? Har han fått något eller ska de äta pölsa idag också? När hon hjälper honom av med ryggsäcken märker hon hur tung den är och när hon nyfiken öppnar den ser hon fångsten och utbrister häpet:
-Herre min dag sådana fina rödingar. Vilken röfärg och perfekt storlek har de också. Var har du fångat dem nånstans?
Men hur Mäsk-Olle än tänker efter kommer han inte ihåg i vilken tjärn han fångat dem i och han blir grubblande sittande i hallen över mysteriet ända tills frugan hans ropar att middan är klar. Hon har gjort halstrad röding med knaperstekt skinn och potatismos med muskotnöt och smör. Det blir en riktig festmåltid.

Den kvällen somnar Mäsk-Olle mätt och belåten, men på natten drömmer han konstigt. Han är vid tjärnen igen och har borrat ett hål i isen, men när han tittar ner i hålet ser han ett stort öga som stirrar tillbaka på honom. Han hör hur isen knakar och rör sig under honom. Det är som ett stort odjur simmar omkring därnere och försöker ta sig upp genom den tjocka isen. Han springer för livet mot skogen, men bakom sig hör han hur isen brister och i ögonvrån ser han ett stort mörkt monster med långa armar som reser sig upp ur isen.

Han vaknar alldeles kallsvettig. Som en avlägsen dröm minns han nu tjärnen som aldrig tidigare sett och alla fiskarna han fångade där. Och så fort det blir någorlunda ljust tar han på sig skidorna och beger sig i väg för att hitta tjärnen, men det har snöat kraftigt under natten och alla spår är borta och hur han letar hittar han inte tillbaka till tjärnen. När han kommer hem trött och svettig på kvällen, minns han vagt en flaska och börjar febrilt att leta i snön på gräsmattan efter den, men av någon flaska syns inga spår.

Tiden går och det börjar bli vår och snön smälter på gräsmattan. Då ser Mäsk-Olle genom köksfönstret hur ett träd ha börjat kämpar sig upp ur snön. Under våren växer trädet till sig. Mäsk-Olle känner inte igen det. Det ser ut som ett päronträd, men något sådant har han inte planterat på gräsmattan. Kan det vara en fågel som spridit det till trädgården? Trädet växer snabbt och blommar i maj. Till hösten är det redan manshögt och på grenarna hänger fina fasta päron. När Mäsk-Olle smakar ett av päronen känner han förvånat att det är konjakspäron, nej, inte päron som passar att läggas in i konjak, utan den söta päronsaften består av en äkta utsökt fin konjak. Ja, det är ett märkligt träd som börjat växa i Mäsk-Olles trädgård. Kanske har det något att göra med den mystiska ölflaskan i pimpelhålet, vad vet jag? Men jag vet att man kunde sitta i kvällssolen lutad mot stammen och avnjuta en god pipa och suga på ett konjakspäron som hade en lika utsökt smak som de bäst lagrade franska konjakssorterna som jag någonsin smakat.

-Finns trädet fortfarande kvar? Det hade varit spännande att smaka ett av dem där päronen. Hilbert tittade nyfiket på Nikko. -Nej tyvärr, för många år sedan drabbades trädet av päronpest och vissnade. Det blev till kaffeved av det om jag kom ihåg saken rätt, men jag tror att jag kan ha en flaska men en skvätt av päronkonjaken kvar därhemma i källaren som du kan få smaka på nästa gång som du kommer och hälsar på.

Ur-ångermanländskan

-Vad tror du? Hilbert vände sig till Nikko som satt i soffan med ett glas rökig whisky i handen. Brasan var tänd och knastrade hemtamt och utanför fönstret smattrade ett kallt höstregn. -Tror du att det stämmer att det en gång i tiden pratades elamitiska här i trakterna?

Hilbert hade just avslutat högläsningen av artikeln "Den elamitiska språkstammens inflytande på språkutvecklingen av Ur-ångermanländskan" av Jesper Hornberg. Hornberg var en känd språkforskare som bland annat skrivit om "Det outtalade språket: En studie i fnysningar, harklingar, hostningar, suckanden, snoranden och andra inandningsljud i Gudmundrå socken." Artikeln handlade om ur-ångermanländskan där Hornberg lanserade teorin att det i finnmarksskogarna för drygt 6000 år sedan bodde en grupp människor som troligen hade invandrat från trakterna kring Elam i sydvästra Irak och som talade det nu utdöda språket elamitiska. Som belägg lyfte Hornberg fram nyupptäckta arkeologiska fynd med fångstgropar och en offerplats kring skogarna runt Lomtjärna. På offerplatsen hade man nämligen hittat benrester av älg med inristade tecken, så kallad streckskrift. Det rörde sig om korta stavelser som påminde om elamitiskan med ord som: de, ut, te och um. Enligt Holberg hade ur-ångermanländska påverkats av dessa uttryckt i vissa kausativa verbändelser, men med tiden hade dessa ändelser försvunnit under påverkan från inflytande svenskar, men Holberg ansåg att man än idag kunde hitta kvarlevor från det elamitiska språket i vissa dialektala interjektioner som mä, dä och sä.

Nikko såg in i brasan och svarade eftertänksamt på Hilberts fråga:

-Ja, omöjligt är det ju inte, men jag ger inte så mycket för Hornbergs så kallade forskning. Han var en utböling som ville göra sig ett namn inom språkforskningen och var inte så noga med sitt källkritiska material om det gällde att komma fram till något sensationellt och uppseendeväckande. Det är mest roliga anekdoter och hörsägen han ägnar sig åt enligt min mening. Men vem vet, även en blind höna kan hitta ett korn som de säger. Däremot fick artikeln mig att tänka på en annan historia. Visste du att hissmusiken uppfanns av en ångermanlänning?

-Nej, det visste jag inte svarade Hilbert förvånat. Vem var det?

-Jo, det var en gosse från Kramfors som hette Anton Nordvall. Han föddes kring sekelskiftet och gick ständigt omkring och visslade på små melodier. De var trevliga snuttar med lite olika variationer. Inget man direkt la på minnet med trevligt att höra på i bakgrunden. Antons föräldrar och kamrater vande sig under åren att höra på dessa lättsamma trudelutter och tyckte det var ett trevligt avbrott i vardagen. När Anton blev äldre gjorde han en grammofoninspelning på egen bekostnad av sina melodier som han sedan skickade runt till olika skivbolag med förhoppning om att bli upptäckt. För han närde nämligen en dröm om att bli en känd musiker en dag. Visserligen visslade han bra, men det var som sagt lättlyssnat örongodis som man snart glömde bort. Efter en lyssning brukade skivbolags-direktören sträcka på sig och undra vad var det han hade hört på egentligen, han kunde när han tänkte efter inte erinra sig det minsta hur det hade låtit. Inspelningarna hamnade därför snabbt i högen markerad "Ej intressant för utgivning."

Men så kom det sig att en rik miljardär från Texas, som hette Sven Swenson och som hade gjort sig en förmögenhet i olja och som nu gett sig in i hotellbranschen, befann sig i Stockholm för att besöka det gamla Sverige och avlägsna släktingar på moderns sida. Miljardären ägde ett par stora hotell på östkusten, men det var en sak han ogillade med sina hotell, att de var så höga att man måste åka hiss för att komma upp. Han fick alltid en olustkänsla när han stod i hissen. Det liksom kröp i kroppen och det värsta han visste var när han var ensam i hissen och det var så tyst att man kunde höra hur hissmaskineriet brummade, knäppte och knarrade medan hissen åkte upp i skyskrapan.

Av en händelse jobbade sonen till släktingen som Swenson skulle besöka som assistent på ett av skivbolagen i Stockholm och brukade få ta med sig hem refuserade skivor för att lyssna på. Så när Sven Swenson satt i soffan och puffade på en av sin stora dyra kubanska cigarr och med en stor konjak i näven hos sin avlägsna släkting så hörde han plötsligt en melodi i bakgrunden som gjorde att han kände sig lugn och avslappnad. Det var sonen som hade satt på Anton Nordvalls skiva. Nu tänkte Sven, som den slipade affärsman han var, att tänk om man hade kunnat höra denna musik i hissarna på mina hotell, då skulle man kanske inte känna sig så nervös och obehaglig till mods när man åkte i dem?

Sven tog därför med sig skivan hem och lät genom sina advokater kontakta Anton Nordvall och bjuda in honom till Staterna för att komponera musik speciellt för hans hotellhissar. Anton tackade förstås ja till detta fördelaktiga erbjudande och snart kunde man i Sven Swensons hotellhissar höra Antons små melodislingor, ja, och sen spred sig fenomenet till andra hotell och varuhus runt om i världen. Men någon direkt musikkarriär blev det inte för Anton. Det visade sig att man inte behövde ha så många olika melodier, ett par räckte gott och väl, eftersom ingen ändå kom ihåg hur de lät och de bara skulle vara i bakgrunden. Anton gick nu inte helt lottlös ur äventyret, han fick bra betalt för sina låtar, och under en hissresa på ett av Sven Swensons hotell träffade han en trevlig kvinna, som han sedan gifte sig med och de startade tillsammans ett bageri på Manhattan. Med tiden växte bageriet till en stor och känd kedja i staterna. Om man besökte bageriet kunde man få höra hur Anton gick och visslade på en av sina melodier i bakgrunden och det var nog en av orsakerna till att det blev så besökt och framgångsrikt. Det blev lite mer hemtrevligt och familjärt med dessa enkla melodier i bakgrunden.

Hjaltar Gullesons saga

I det hemliga biblioteket hittade Hilbert en dag ett gammalt ihoprullat pergament. Pergamentet var fyllt med runskrift. Att läsa runskrift var inte Hilberts starka sida, men som tur var fanns det bredvid pergamentet ett annat manuskript, men även det gav Hilbert en del huvudbry, eftersom det visade sig vara skrivet på 1600-talet av hans förfader prästen Hindrich Bromaneus. Handskriften var snirklig och ålderdomlig och svår att tyda, men när Hilbert efter flera timmar lyckats tragglat sig igenom texten så var han helt fascinerade över vad han hade läst.

Pergamentet innehöll nämligen "Hjaltar Gullesons saga". Från skoltiden mindes Hilbert de gamla isländska sagorna och han hade själv läst några av dem som Njals saga, Egil Skallagrimssons saga och Gisle Surssons saga, men "Hjaltar Gullesons saga" hade han aldrig hört talas om. En sökning på internet visade att han inte var ensam om det. Den verkade vara helt okänd och fanns inte omnämnd i någon databas eller samling över isländska sagor.

I början av manuskriptet hade Hindrich Bromaneus skrivit en kort redogörelse om hur pergamentet hade kommit i hans besittning. Under ett besök i Finnmarken där han gett en gammal man sista smörjelsen och syndernas förlåtelse hade han som tack fått en vacker bäverskinnsryggsäck av mannens anhöriga. När han kom hem och tittade närmare på ryggsäcken så hade han sett att det var något skrivet inne i ryggsäcken. Då Hindrich hade ett stort intresse för forntiden och var väl bevandrad i runskrift kunde han snart tyda den första runraden som löd: "Jag, Hjaltar Gulleson, härkommen från Snöfjällnäs på Gardarsholm, har besökt Hels rike och återvänt." När Hindrich försiktigt sprättade upp ryggsäcken upptäckte han att hela insidan var täckt med runor. Han lyckades pussla ihop de olika bitarna som hade skurits sönder för sedan sys ihop till en ryggsäck. Sedan satte han igång med att tyda och restaurera den svaga runskriften som bleknat kraftigt med åren. Tyvärr visade det sig i slutändan att några viktiga bitar av pergamentet saknades och hela sagan inte kunde återskapas. Enligt Hindrich härstammad texten från början av 800-talet och här nedan följer hans tolkning av texten, som språkligen har moderniserats något för den nutida läsaren:

Jag, Hjaltar Gulleson, härkommen från Snöfjällnäs på Gardarsholm, har besökt Hels rike och återvänt. Unga var vi när vi seglade från Gardarsholm för att söka äventyret och mandomen. Efter många månskiften nådde vi slutligen vårt mål Birka, svearnas stad. Där bytte vi varor och njöt av gästfriheten innan vi åter hemåt vände för att undvika den bistra Fimbul. Bra vind hade vi i seglen, men snart hördes Tor i fjärran. Solen och himlen mörknade. Mitt i den rasande striden mellan Tor och jättarna vi seglade. Vinden ven och blixten ljungade. Seglet trasades sönder, masten bröts, rodret och årorna tog Rans döttrar. Hjälplösa kastade Ägir oss runt i stormen och många kämpar försvann ner till Ägirs gästabud. Kvar i båten var bara jag, och mina trogna stridskamrater Orvar och Valdemar. Hjälplösa och utelämnade åt Tor och Ägirs vrede drev vi norrut i flera dagar.

När havet åter lagt sig till vila såg vi en ö utanför den höga kusten. Strömmen drev oss närmare och snart stod vi på ett öga i havet. En cirkel av släta klippor med en sjö i mitten. Skeppet var svårt skadat. Svår var vår situation. Ur en skreva klev då två figurer. Två skuggor, bleka och smala. Hels tjänare trodde vi, som gick oss till mötes på dödens ö. De talade och sade att Atla och Antis var deras namn. Gästfrihet de visade. Bjöd på vatten och fisksoppa. Vattnet på ön var kallt och klart som källvatten. Märkliga genomskinliga fiskar simmade i djupet, de var mjälla i köttet och mycket goda att äta. Någon botten kunde vi inte se i sjöns klara vatten.

Nästa dag var horisonten svart som sot. Vinden tilltog, havet skummade, vågorna slog mot klipporna och sköljde över ön. Vårt skepp slogs sönder mot klipporna. I stor fara var vi alla. Då tog Atla och Antis min hand. Visade oss ingången till Hels rike. En grotta fanns i skrevan, som slingrade sig brant ner i underjorden. Länge färdades vi mörkret innan vi nådde de dödas rike. Långa bleka och smala gestalter såg vi vandra över Hels slätter. I fjärran reste sig en stor stad. *[fortsättningen saknas]*

Kväde om kampen (fragment)
[början på kvädet saknas]
Midgårdsormens mångsvansade släktingar
ur de svarta djupen slingrade sig
skarpa stridsyxan snabbt jag svingade
högg och räknade svansarna
från ett, två till åtta

innan besten livlös slocknade
samma räkningsramsa jag övade
på den myllrande kryllande flocken
som slemmigt simmade i strömmen
otaliga var de åttaarmade
trött i armen blev jag av allt räknande.
[fortsättningen på kvädet och berättelsens saknas]

Fria från Hels rike stod vi åter i Sunnas strålar. Lång tid hade förflutit. Fimbul har redan lagt sin kalla hand över havet. I snön låg plankor kvar från vårt sönderslagna skepp. Runt fötterna snörde vi dem för att kunna färdas säkert över isen. Under vår färd mot land kände vi plötsligt en stor bävning som fick isen att lyfta och brista. Knappt hann vi nå land innan vi såg hur Ägirs vrede, en jättevåg slukade Atla och Antis ö. Tacksamma för att levande ha nått land offrade vi till Ulls ära. Ullvik kallar vi denna plats. Här tänker vi övervintrar och bygga oss ett skepp i väntan på öppet hav och färden hemåt.

-Vilken märklig berättelse tänkte Hilbert, och så lik historien om Oön som han hade läst om tidigare. Denna märkliga ö som hela tiden dyker upp och försvinner lika snabbt ur historien.

De bortglömdas berättelser

-Jag tänkte jag skulle fiska till helgen. Har du något bra tips på någon sjö med öring i närheten? Hilbert vände sig till Nikko som satt i soffan med en kopp kaffe och en Skogaholmslimpa med leverpastej och inlagd gurka i handen.

Nikko petade in en gurkskiva i munnen och tuggade ur innan han svarade.

-Liktjärn där får man fin fisk.

-Liktjärn? Den har jag aldrig hört talas om. Var ligger den?

-På kartan står det Myrtjärn och den ligger någon timme härifrån, men i folkmun brukar den ibland kallas för Liktjärn. För efter det misslyckade kriget mot Norge 1719 var det några av Armfeldts karoliner som var på väg ner från de jämtländska fjällen mot kusten och gick vilse i skogarna runt Finnmarken. De råkade komma ut på Myrtjärn, men isen höll inte för tyngden från soldater och hästar utan brast och alla drunknade. Vissa säger att det fraktade en stor kista med guld som de rövat från en trollkung i de jämtländska fjällen och isen brast på grund av kistans tyngd, men det vet jag inte om det stämmer. Iallafall så sägs det att fisken i tjärnen därefter fick smak på lik och därför kallas den för Liktjärn. Ska du fiska där ska du agna med likmasken.

-Du menar maggot?

-Ja, det går också bra, men likmasken är bättre. Jag säger inte att de behöver vara från människolik, det går bra med mask som krälat i djurkadaver också, men människolik är förstås bättre, men svårare att få tag i, men jag känner en som jag kan skaffa fram det åt dig om du vill ha.

-Nej tack, jag nöjer mig nog med vanlig maggot i så fall.

-Ja, det är inte alla som känner sig bekväm att hantera likmasken. Det påminner mig förresten om en historia om en man som mindes de bortglömda. Han hette Gösta Westin och var kyrkvaktmästare och skötte bland annat om kyrkogården i Ytterlännäs. Krattade gångar och höll det snyggt och fint och så där. Men när han gick omkring på kyrkogården märkte han att det fanns en del gravar som verkade vara helt bortglömda. Det var ingen som längre tog hand om dem. Ingen som lämnade blommor, tände ljus eller tog bort ogräs. Ja, det blir ju lätt så ibland när det inte finns några släktingar kvar i livet eller de har flyttat långt från orten. Gösta tyckte iallafall synd om de som låg där och var bortglömda, så när det blev Alla Helgons Dag och nära och kära vallfärdade till gravarna för att sätta ljus hade Gösta köpt några egna ljus som han tände på de övergivna gravarna.

Han hade just tänt ett ljus vid en av dessa bortglömda gravar när en kvinna kom förbi och stannade.

-Ja idag är en dag att minnas de som inte längre finns med oss. Var det en nära släkting till er? frågade kvinnan.

Gösta blev så förvånad av frågan att han först inte visste han skulle svara. Han var ju inte släkt med den avlidne och han tyckte det kändes lite pinsamt att berätta att han bara gick runt och tände ljus på okända gravar. Så utan att tänka sig för for orden ur munnen hans.

-Det är en moster.

-En moster? Men på graven står det ju Per? Är ni verkligen vid rätt grav?

Gösta tittade på gravstenen där det mycket riktigt stod Per Nygren. Besvärad mumlade han till svar.

-Jag menar min mosters man. Ursäkta nu måste jag gå. Och så gick han förlägen därifrån.

Den kvällen tänkte han över vad som hade hänt och varför hade han känt sig så besvärad av kvinnans fråga. Han hade inte gjort något fel. Utan försökte bara göra en god gärning och uppmärksammat de bortglömda. Vad spelade det för roll om han inte var släkt med dem som låg i graven? Kan man inte ändå ägna dem lite omtanke och minnas dem ändå? Han låg länge och vred och vände på sig i sängen och grubblade över detta innan han somnade den kvällen.

När han vaknade på morgonen såg han saken i ett nytt ljus. Han förstod att de bortglömda behövde honom. De var som vilsna själar som behövde någon levande som kom ihåg dem och berättade om deras livsöden så de inte suddades ut helt ur historien. Gösta beslöt att ta reda på så mycket som möjligt om de som låg begravda i de bortglömda gravarna och blir deras minne och beskyddare på jorden.

Nu visade det sig vara svårare än Gösta hade trott att få veta något om de som var begravda i de bortglömda gravarna. Det fanns inga släktingar att fråga eller vänner som levde, och i kyrkböckerna och arkiv fanns det mycket sparsamt med material, så det var nästan omöjligt att få ihop några historier. Han tyckte det var tråkigt att han inte kunde berätta mer om de som låg begravda på kyrkogården än triviala fakta om vad de hette, när de föddes och dog, och var de hade bott och jobbat med. Men han tänkte att det borde, det kan ju hända, att de var nog sannolikt när man tänkte efter, att den här personen kunde ha varit på det här sättet och hade gjorde så här i livet. Att han hade rest till den där platsen och där träffade dem där och gjort andra intressanta saker i sitt liv. Så växte långsamt nya livshistorier om de bortglömda fram.

Med åren började Gösta brodera ut historierna och fylla på med fler detaljer. När han upptäckte att ingen annan kom ihåg de bortglömda och att de lyssnade intresserat på hans berättelser, så blev han allt säkrare och djärvare när han mötte folk på kyrkogården och han kunde stanna en besökare och börja prata och sedan peka bort mot en grav och säga: -Där borta ligger Per Nygren, det var min mosters man. Det var en envis karl ska du veta. På gården hade han en sten som han ville bli av med. Men den satt som berget så han började gräva runt den, men desto mer han grävde desto större blev stenen. Det var bara toppen av isberget han hade sett. Min moster Märta, sa åt honom att sluta gräva. Du får aldrig upp den. Låt den vara sa hon. Men han var envis som synden och skulle till varje pris ha upp stenen och så gick det som gick. Till slut hade han ägnat större delen av livet åt att gräva upp hela gårdsplanen och hålet var minst 20 meter djupt utan att han hade sett botten på jättestenen. En morgon när han skulle klättra ner i hålet för att fortsätta gräva tappade han taget och föll och slog ihjäl sig. Så kan det gå om man är envis som synden.

Eller så kunde Gösta säga att där borta i skuggan av den stora björken ligger min kusin Åke Blomberg. Han var en riktig duktig idrottsman ska du veta. Han hade länge svenskt juniorrekord i kulstötning. Det var en riktig kraftkarl som till vardags arbetade som bagare. Han var mycket känd för sina tårtor och en gång vann han en tårttävling och fick guldmedalj av självaste kungen. Tårtan som han vann med såg precis ut som en riktig björkstubbe, men barken var av vit och brun choklad och i mitten var det sockerkaksbotten med smörkräm.

En dag när Gösta hade stoppat en förbipasserande herre och berätta klart en av sina många historier om en av de bortglömda, då hade mannen förskräckt utbrast:

-Det var den grövsta lögnen jag hört. Det är faktiskt min farbror som du pratar om. Han var ingen Casanova som brevväxlade med någon prinsessa i Portugal. Han var en plikttrogen präst som levde i celibat i hela sitt liv. Inte ett ord stämmer om vad du har sagt. Du har hittat på allt det där.

Sedan hade mannen gått direkt till kyrkoförvaltningen och klagat över att Gösta gick och hittade på en massa saker om hans avlidna släkting. Mannen som arbetade som advokat hotade dessutom med att stämma hela församlingen för förtal om inte dessa villfarelser och lögner genast upphörde. Inför detta hot började kyrkoförvaltningen omedelbart att nysta i saken och då kom hela historien upp i ljuset. För det var fler som kunde vittna om att Gösta gick runt och berättade påhittade historier om de döda på kyrkogården. Så kunde man inte ha det konstaterade kyrkorådet och gav Gösta sparken på stående fot.

Gösta blev ju förstås ledsen, för han gillade sitt arbete och tyckte inte att han hade gjort något fel. Han hade ju bara lyft fram bortglömda människoöden ur historien. Men han lovade sig själv att oavsett vad som hände så tänkte inte glömma bort de bortglömda på kyrkogården. Han började snart skriva ner vad han visste om de döda och det blev så småningom en hel hög biografier om olika människoöden. Så småningom hittade han ett bokförlag som ville ju ut de spännande och intressanta berättelserna. Det var först efter hans död som förlaget förstod att allt bara var påhittat och att det inte var några riktiga levnadsöden som de hade gett ut. Men biografierna sålde bra så det dröjde ett par år innan de togs bort ur katalogen och ersattes då med en annan lönsam författare från trakten som skrev reseskildringar från hela världen.

Dansbandskungen

-Nej, det visste jag inte. Hilbert räckte tillbaka tidningsklippet till Nikko. Jag kan inte riktigt se min far som någon dansmästare.

Nikko tog emot klippet, vek ihop det och stoppade ner det i skjortfickan igen.

-Jo, ser du, när han var ung kunde han verkligen svinga de lurviga, men sen fick han så klart mycket annat att tänka på med jobb och familj och hann inte med att dansa så mycket längre. Ja på någon fest kunde han komma igång, men inte på den nivån som då. Men som du läste i tidningsklippet så vann han SM i jitterbugg på Nalen i slutet av 1940-talet. Hade han fortsatt att dansa tror jag nog att han hade gått långt, men hans intresse för historierna, berättelserna och skrönorna tog till slut över.

Det får mig förresten att tänka på Örjan Jansson, en annan dansant person från trakten. Dansant, men på ett annat sätt än din far. Han startade nämligen i mitten av 70-talet dansbandet The Janzons. Det var ett enmansband, där han själv spelade gitarr och sjöng och hade resten av instrumenten förinspelade på kassett. Det var väl ett mellanting av playback och live som det heter. Men han var mycket anlitad under ett par år ute i folkparkerna och på dansbanorna. Han släppte också en skiva som blev mycket populär. "Janzons frestelser" tror jag visst den hette och innehöll låtar som "Kärlek på Ångermanälven", "Den sista ljuva surströmmingen", "En flicka från Nordingrå" och "Bjärtrås enda blondin". Men lika duktig som han var med musiken så var han urusel med pengarna. Jag kom ihåg att han gick omkring med en konsumkasse som han kallade banken. Där la han alla kvitton, reverser och pengarna han hade tjänat. Vänner och bekanta fick frikostigt låna ur banken, men jag tror inte han fick tillbaka så mycket av det han lånade ut.

Så det gick som det gick. Han blev skuldsatt upp över öronen och fordringsägare och skattmasen var efter honom, för deklarera och skattat på sina inkomster hade han ju förstås glömt. En kväll när han spelade på Frånö Folkets Hus och satt i logen på andra våningen så hörde han hur några arga fordringsägare ilsket bankade på dörren. Ja, Örjan ville ju inte möta dem, för några pengar hade han inte och stryk ville han inte ha heller. Så han tittade ut genom fönstret för att se om han kunde smita den vägen, men det var för högt att hoppa, så det tordes han inte, och något rep kunde han inte hitta. Det var då han kom ihåg att han hade med sig en bunke långfil i väskan som han tänkte äta efter konserten. Så han tog långfilen och vispade upp den med en väldans fart och kraft så den blev segare än seg och så hällde han ut den genom fönstret. Filen rann som ett långt segt rep ner till marken. Sedan var det bara att binda fast långfilen i fönsterkarmen och klättra ner till marken och smita med svansen mellan bena. Ja, han förstod väl att hans dagar var räknade och att det inte skulle dröja länge innan de skulle få fast honom så han flydde till Polen. Det sista jag hörde var att han försörjer sig på att spela på olika syltor och ölhak under namnet Janzonziejskis.

Containerkonst

Det var i samband med att man höll på att renovera skolan i Frånö på 50-talet som man på vinden hittade en stor samling med masoniter som stod lutade längs väggarna. Erik Gunnarsson som vid den här tiden arbetade som snickare tänkte att några av skivorna kunde han ta hand om och använda till sommarstugan som han skulle renovera till hösten. Skivorna var visserligen målade på ena sidan. Det såg ut som något som skolbarnen hade gjort, men det kunde han ju enkelt måla över. Så han plockade undan ett 20-tal av skivorna medan resten åkte i containern med allt annat skräp och bråte.

Det var på onsdagen som Gunnarsson upptäckte skivorna, men det dröjde till fredagen innan han kunde ta hem dem. Han höll just på att lasta ur skivorna ur Volvo Duetten när den kända konstkritikern Ferdinand Bylander kom förbi. Bylander brukade hyra Gunnarssons sommarstuga några veckor under sommaren för att komma bort från storstadens stress och jäkt och vandra i skogarna och meta abborre. Han var född i trakten, men inga av föräldrarna var längre i livet, utan det var mest för lugnet och naturen han reste tillbaka.

-Vad har du där undrade Bylander när han såg skivorna som Gunnarsson lastade ur bakluckan.
-Det är några skivor som jag tänkte använda för att fräscha upp sommarstugan med. Den börjar bli lite sliten så jag tänkte när du kommer tillbaka nästa år så har jag hunnit fixat till den.
-Bara du inte renoverar för modernt. Du vet att jag gillar det robusta och äkta. Men vad är det på baksidan? Är det målat något?

-Det är bara skolbarnen som har kladdat på dem. Jag ska måla över det tänkte jag. Gunnarsson vände på en av skivorna så Bylander kunde se målningen.

Bylander såg målningen och ryckte till. Hans erfarna konstnärsöga såg genast en tavla som fick honom att tänka på den stora franska naivisten Henri Rousseau. Han tänkte också på hur konstnärer som Lim-Johan och Primus Mortimer de senaste åren hade gjort ett segertåg genom landet med sina naiva och folkliga motiv. Tänk om han, Ferdinand Bylander nu hade upptäckt en ny stor naiv konstnär? Vilken berömmelse och ära skulle det inte bli för honom.

-Varifrån har du fått de här tavlorna undrade Bylander exalterad?

-Jag hittade dem uppe på vinden till Frånöskolan. Jag tog hand om några av skivorna, men resten åkte i containern.

-Menar du att det finns fler tavlor?

-Ja, lika många minst.

-Vi måste genast åka och hämta dem. En stor konstskatt kan vara i fara.

-Du menar barnens kludd?

-Det är inga barn som målat detta. Utan en begåvad och genial konstnär. Vi kan inte låta de här mästerverken brännas upp på soptippen.

Så Gunnarsson fick snabbt lasta ur bilen för att kunna skjutsa Bylander tillbaka till skolan. De kom precis när lastbilen skulle åka iväg med containern till tippen. Chauffören var inte speciellt intresserad när de förklarade vad det gällde. Det var fredagskväll och han vill hem efter en lång arbetsvecka, ta en kall öl och lyssna på fotbollen och han hade inga planer på att stanna kvar för att några tokar skulle leta efter tavlor i hans container. Men när Bylander erbjöd honom några hundralappar för besväret så ändrade han sig snabbt och gav dem en halvtimme för att gå igenom containern. Bylander dök snabbt ner i containern och kom snart upp med en tavla. Efter ett tag stod drygt 20 stycken tavlor lutade mot bilen. De hade alla måttet 120x80 cm och var målade i färgglada färger med naiva motiv.

-Ska du ha de här svarta också? undrade Gunnarsson och höll upp en mindre tavla. Den var ungefär 80x60 cm stor och var målad helt i svart. I det högra hörnet stod det textat med vita bokstäver GöJ. -Jag tippar på att det finns ett femtiotal svarta här också meddelade Gunnarsson.

Bylander tog en snabb titt på den svarta tavlan och svarade irriterat:
-Nej, de vill jag inte ha. Det är bara skräp. Låt dem vara och hjälp med nu att lasta in de andra tavlorna i bilen.
-Då tar jag dem sa Gunnarsson. Eftersom du lagt beslag på de som jag skulle renovera sommarstugan med så får jag väl ta dem här mindre i stället. De fungerar också.

Så de lastade in alla masonitskivorna i bilen och åkte sedan hemåt. Någon vecka senare återvände Bylander till Stockholm. Tavlorna hade han noga emballerat och skickat i förväg med bussgods. Innan han reste hem hade han hört sig för om vem konstnären till tavlorna kunde vara. Det visade sig att det på vinden till skolan hade funnits en tjänstebostad där en gammal vaktmästare som hette Gösta Johansson hade bott. Vaktmästaren var en udda person som drack för mycket och var en riktig enstöring. Men det ryktades om att han målade på fritiden. Gösta Johansson hade avlidit för flera år sedan och tavlorna hade blivit kvarglömda på vinden och upptäcktes först när man började renovera skolan.

Utifrån de få biografiska fakta som Bylander lyckades skrapa ihop skrev han sedan en lång essä i en av de stora dagstidningarna om hans banbrytande upptäckt av Frånömålaren, som Gösta Johansson nu kallades. Bylander kontaktade sedan kollegor och vänner för att berätta om fyndet och visa upp tavlorna. Intresset växte sig snabbt för den nyupptäckta konstnären och snart hade Bylander genom sina många kontakter i konstvärlden lyckats få till en utställning på självaste Nationalmuseet. Det blev bråda tider för Bylander under hösten. Texter och katalog skulle produceras och tryckas. Vernissagekort skickas ut och en massa andra praktiska saker ordnas. Men strax före jul kunde iallafall utställningen med Frånömålaren öppnas och det blev en riktig publiksucce och pressen hade bara gott att säga om utställningen. Bylander höll nästan på att spricka av allt beröm som han fick höra.

Kulturredaktör Arne Skog från tidningen Nya Norrland hade också rest ner till Stockholm för att vara med om den historiska invigningen och skrev sedan en artikel om den märkliga Frånökonstnären. Det var den artikel som Josefin Sundin såg när hon satt i gungstolen på ålderdomshemmet. Hon hade arbetat som lärare på Frånöskolan och tänkte, när hon fick se fotografierna från utställningen: Att tänk va glada barnen skulle vara om de fick veta att deras tavlor ställdes ut på självaste Nationalmuseum i Stockholm. Hon minns den vresiga vaktmästaren som helst höll sig för sig själv och ofta luktade sprit. Han var sedan länge pensionerad, men hade ändå på något sätt lyckats hålla sig kvar på sin tjänst. Det var väl därför han var billig att ha kvar som anställd och han skötte sitt jobb tänkte Josefin.

En vinterkväll hade hon gått upp på vinden till hans bostad för hon behövde hjälp med att byta en glödlampa i klassrummet. Vaktmästaren hade då stått framför fönstret och målat. Tavlan var alldeles svart och hon hade nyfiket frågat vad det var som han målade.

-Natten, den förbannade natten. Den är så svart, så svart, så svart, jag lyckas aldrig hitta rätt svärta som fångar mörkret. Natten vill inte fångas utan byter hela tiden skepnad framför mina ögon. Det är som den oändliga evigheten driver med mig. Ibland känns det som jag stirra ner i en avgrund, rakt in i Guds pupill.

Efteråt hade hon fått en idé om att vaktmästaren kanske kunde lära barnen att måla. När hon dagen efter presenterade sin idé för vaktmästaren hade han förskräckt ruskat på huvudet och svarat att det inte var hans jobb att lära snorungar att måla. Efter en hel del övertalning och smicker hade han iallafall gått med på att leta fram färg och penslar och några masonitskivor som barnen kunde måla på, men han tänkte inte närvara förklarade han bestämt. Han hade viktigare saker att göra som att skotta snö och olja gångjärn.

Josefin mindes med glädje hur barnen hade uppskattat det hela och de hade målat hela dagen. De hade bestämt att de skulle måla sommarminnen. Det blev fina motiv med barn som lekte på skolgården, kossor på ängen, människor som dansade runt midsommarstången eller som badade i älven. Sedan hade barnens tavlor hamnat på vinden tillsammans med vaktmästaren enformiga svarta tavlor av natten. Nu hade man alltså hittat barnens målningar och ställt ut dem på Nationalmuseum. Det var ju roligt för barnen tänkte Josefin, att någon uppskattade deras fina bilder, men hon undrade också vad som hade hänt med de svarta tavlorna som den där Gösta målade? De var något speciellt med dem kom hon ihåg. Hon fick alltid en olustig känsla när hon stirrade på dem, det kändes som om någon stirrade tillbaka på henne från mörkret i tavlan.

Skrivet i timmer

Hilbert hade börjat gå igenom faderns efterlämnade anteckningsböcker. I en bokhylla hade han hittat ett 20-tal svarta anteckningsböcker i A4-format. De hade under faderns livstid fungerat som ett mellanting av anteckningsbok och dagbok och var fyllda med olika listor över saker som skulle göras eller böcker som fadern tänkte läsa. Listorna varvades med tidningsurklipp, korta anteckningar och enkla teckningar, men också längre texter som den om timmerkojan:

När jag fick höra om timmerkojan blev jag såklart eld och lågor. Tänk att hitta hittills okända texter av den stora pessimistpoeten Holger Näsman. Vilken sensation skulle det inte vara. Det var för några månader sedan som jag kom i samtal med en gammal skogshuggare som berättade för mig att Holger Näsman i sin ungdom tillbringade en vinter i en enkel timmerkoja i trakterna kring Sågmon. Det var efter den uppslitande kärleksaffären som han bestämde sig att bosätta sig i ödemarken. Han hade uppvaktat en flicka som han blivit förälskad i, men då han redan på den tiden var ganska tafatt och folkskygg så hade flickan varit avvaktande, och när Holgers bror Herbert, som var broderns raka motsats i karaktären fick upp ögonen för samma flicka, så valde hon den äldre mer talföra och sociala brodern. Förkrossad och besviken hade Holger flytt civilisationen och sökt ensamheten. Han hade tagit ett jobb som skogshuggare uppe vid Sågmon. Under vintern bodde han ensam i en enkel timmerkoja som bestod av ett litet rum, inrett med en bädd, ett bord och en kamin.

Det berättas att han var så fattig och elände att han inte ens hade råd med papper och penna den där vintern så han ristade i stockarna olika dikter och tankar för att fördriva tiden. Min entusiasm grusades dock när den gamla skogshuggaren berättade att kojan, som stått övergiven i många år, senare hade sålts, men han mindes inte till vem. Det var ingen enkel uppgift att få reda på vem som hade köpt kojan och vad som hade hänt med den. Men efter en hel del efterforskningar fick jag veta att det var Torpar-Nils som hade köpt den, men då han inte längre var i livet verkade det vara en återvändsgränd tills jag fick tag i en släkting som kunde berätta att Torpar-Nils hade köpt timret för att göra skyltar med sina kända visdomsord på, men när han fått kojan hemforslad visade det sig att kvaliteten i stockarna inte var tillräcklig bra så Torpar-Nils hade sålde kojan vidare som ved till en bonde i närheten.

Jag hade därför inga större förhoppning att hitta kojan när jag körde upp bilen på bondens gårdsplan. Jag var helt inställd på att kojan hade eldats upp vid det här laget. En ung man mötte mig utanför ladugården och jag fick veta att det var bondens son som nu drev gården. Hans far hade gått bort för ett bra tag sedan, men han mindes stockarna från när han var yngre. Tanken var att de skulle bli ved, men fadern hade hastigt insjuknat och sedan gått bort, så de hade blivit liggande under en presenning bakom ladugården. När sonen hade tagit över så hade han haft tillräckligt att göra med gården så stockarna hade bara blivit liggande. De låg fortfarande kvar bakom ladugården, men hade förmodligen murknat vid det här laget trodde sonen.

Tillsammans gick vi bakom ladugården och lyfte på presenningen. Mycket riktigt låg stockarna kvar där, travade på varandra men de var i ett ganska bedrövligt skick, men jag kunde se att det fanns ord ristade i dem så jag tyckte det var värt ett försök att återskapa Holger Näsman timmerkoja för att se vilka litterära skatter som kunde gömma sig bland stockarna.

Jag kom överens med bonden om en summa för att köpa stockarna och få använda en lägda bakom ladugården för att försöka bygga upp kojan igen. Det tog mig många veckor att försöka pussla ihop kojan. Man fick vara mycket försiktig med de porösa stockarna så det inte skulle falla sönder och skriften förstöras. Efter att kojan var uppbyggd tog nästa steg vid, att försöka tyda Näsman inristade texter. Insidan var täckt av sot från kaminen och stockarna var som sagt i dåligt skick, men jag lyckades som de säger, efter stor möda och stort besvär att återskapa en del av texterna. Det rörde sig om ett hundratal sentenser och aforismer till exempel:

Citat som förmodligen är riktade till Holgers bror Herbert som han hatade efter den olyckliga kärleksaffären:

*Den mannen har inte en enda originell tanke i sitt huve.
*Ur hans muns kommer bara såpbubblor.
*Så många ord för att säga ingenting.
*Hans prat får klichéer att låta nyskapande.

Andrar citat av Holger Näsman:

*Livet består av små misslyckandet på väg mot den stora katastrofen.

*Människor är som flugor. En fluga påminner om sommaren medan tusen om lik.

*Känner du dig inte ensam i din koja? Jo, så fort de kommer besök.

*Det är oförståeligt vad allt detta som man kallar livet ska vara bra för.

*Den sura myrsmaken fyller min mun. Det är smaken av livet.

ÄVad är det för mening med allt? Livet är bara elände och sorg till sista sucken.

Stugan överlevde tyvärr inte vintern. En ovanligt snörik vinter gjorde att den rasade ihop av tyngden från snön och den var i för dåligt skick för att kunna byggas upp igen till våren. Timret lades därför i skogskanten för att så småningom bli en del av naturen. En träbit tog jag dock med mig från kojan och den finns nu förvarad i det hemliga biblioteket. Den innehöll en märklig dikt som skiljer sig mycket från Holger Näsmans övriga skrifter att jag tycker den var värd att bevaras:

I nattens mörker hörde jag
hur han viskade
du är den utvalde
du är um te de zum
tomheten och intenheten tillhör dig
allt som inte är ska du ärva
evigheten ska vara din kungakrona
och det avlägsna mörkret ditt kungarike.

www.ingramcontent.com/pod-product-compliance
Lightning Source LLC
Chambersburg PA
CBHW070803120626
46557CB00002B/699